PETER
Im Schatten seiner Vergangenheit

Dominik Ross

1.Auflage 2023

Traviatagasse 10/3/33, 1230 Wien

ISBN: 9798398303605

INHALT

1	Die Autofahrt	3
2	Das Versteck	22
3	Der Anruf	42
4	Die Beerdigung	48
5	Die Suche	62
6	Die Spurenbeseitigung	81
7	Das Geld	94
8	Die Veränderung	106
9	Die Geldübergabe	120
10	Julia	139
11	Die Feier	159
12	Die Vergangenheit	180
13	Die Hütte	197
14	Epilog	222

DANKSAGUNG

Einen riesengroßen Dank an meine Frau. Danke für deine Unterstützung bei meinem Projekt, das insgesamt mit einer langen Pause ein paar Jahre gedauert hat. Danke für deine konstruktive Kritik und ein noch größeres DANKE für die Korrekturen. Manches Mal war es für mich schon etwas unangenehm, aber das gehört zum Leben und Lernprozess ☺

Kurzum Danke für deine Zeit, die du investiert hast. Ohne dich wäre dieses Buch nicht veröffentlicht worden.

1 – Die Autofahrt

Peter hebt hastig das linke, zierliche Bein der alten Dame in den Kofferraum. Seine Arme schnellen zu der Kofferraumklappe seines Volvo V70, in die Höhe und lassen diese mit einem lauten, dumpfen Geräusch, bei dem er selbst leicht erschrickt und sich zugleich darüber ärgert, in das Schloss fallen. Keuchend schmeißt er sich wuchtig auf den Fahrersitz, rümpft hektisch mehrmals seine Nase und schiebt mit seinem rechten Zeigefinger die Brille so stark nach hinten, dass er dabei seine Mundwinkel verzieht. Danach legt er mit einer reißenden Bewegung den ersten Gang ein, welcher erst beim dritten Mal vollständig einrastet und verlässt mit leicht quietschenden Reifen die Wohnstraße in Richtung Ortsende.

Verdammt, das darf doch nicht wahr sein!
Ich komme in die Hölle!
Das ist die alte freundliche Frau aus dem Erdgeschoss, ich glaube Tür 3 ist ihre Wohnung, oder war es 2? Ach, ist doch auch jetzt egal, du Idiot!
Was mache ich denn jetzt? Wie konnte ich sie nur übersehen? Ich habe sie nicht einmal angesprochen oder nachgesehen, wie es ihr geht. Sie lag einfach regungslos auf dem Boden und ich habe sie, ohne zu zögern in den Kofferraum gehoben.
Hat sie vielleicht einen Laut von sich gegeben, als ich sie in den Kofferraum gelegt habe? Oder hat sie sich gar bewegt? Ihre

Augen? Hatte sie ihre Augen offen oder geschlossen? Das ist alles so schnell gegangen. Ich weiß es nicht! Jetzt gibt sie jedenfalls keinen Ton von sich.

Peter schaut mit weit aufgerissenen Augen in den Rückspiegel.
»Frau Hofbauer!«, ruft er zögerlich.
»Frau Hofbauer, hören Sie mich? Geht es Ihnen gut?«

Was für eine Frage! Geht es Ihnen gut?
Natürlich geht es ihr nicht gut!
Vielleicht ist sie doch bei Bewusstsein und hat Angst vor mir.

»Frau Hofbauer, es tut mir leid. Ich möchte Ihnen nichts antun. Bitte sagen sie etwas, wenn Sie mich hören können.«

Ich möchte Ihnen nichts antun? Du hast sie gerade niedergefahren und in deinen Kofferraum verstaut. Peter, du hast echt ein tolles Gespür, was die richtigen Worte angeht.
Soll ich anhalten und nachsehen?
Wenn dann sollte ich es jetzt machen, bevor die Sonne aufgeht.

Plötzlich schießt Peter ein weitaus schlimmerer Gedanke in den Kopf.

Was ist, wenn die Polizei schon informiert wurde und sie nach mir fahnden? Vielleicht suchen sie mich schon wie einen Schwerverbrecher und dann wissen meine Eltern demnächst Bescheid? Ob darüber am Abend sogar im Fernseher berichtet wird? Ich will und darf gar nicht daran denken!
Es ist äußerst unwahrscheinlich, dass mich jemand um diese

Uhrzeit an einem Sonntag gesehen hat, so verschlafen wie die Straße ist.
Der Bäcker Horst, könnte mich eventuell gesehen haben. Der ist sicher schon in seinem Geschäft gewesen. Wobei der nicht aus dem Fenster schauen, sondern sich um seine Brötchen kümmern wird. Hoffe ich jedenfalls.
Nachdem ich den Kofferraum panisch mit einem Karacho zuschmiss und als Draufgabe einen Formel 1-Start hinlegte, hat mich vermutlich zumindest jemand gehört. Solange mich aber niemand gesehen hat, kann das jeder gewesen sein.

Peter ist bereits fünf Minuten unterwegs, als er von der Landstraße rechts auf einen kleinen Waldweg abbiegt und nach einigen Hundert Metern an einer - seiner Meinung nach -geeigneten Stelle, stehen bleibt. Er rümpft seine Nase und betätigt langsam mit dem linken Mittelfinger den Türgriff. Mit einem Knarren öffnet sich die massive Fahrertüre. Peter schleicht zögerlich nach hinten Richtung Kofferraum und hält sich dabei mit der linken Hand stützend am Auto an. Knack! Peter zuckt zusammen.
Nach etwa drei Sekunden bemerkt Peter erleichtert, dass er nur auf einen Ast gestiegen ist.
Er öffnet seine Augen und die Schultern senken sich langsam wieder, während er prüfend seinen Kopf in alle Richtungen bewegt. Mit zittrigen Beinen geht er weiter zum Heck des Autos. Peter hat so große Angst vor dem Anblick, der ihn erwartet, dass er große Mühe hat, bei halbwegs klarem Verstand zu bleiben. Seine

dunkelbraunen Haare, die üblicherweise zu einem Seitenscheitel gekämmt sind, hat er schon längst in alle Richtungen gewirbelt. Bevor er den Kofferraum öffnet, beobachtet und vergewissert er sich über zwei Minuten, ob keine Menschenseele in der Nähe ist.
Ihm stehen die Schweißperlen auf der Stirn. Das Gesicht hat eine feuerrote Färbung bekommen, welche noch mehr zum Vorschein kommt, da ihm nicht ein einziges Barthaar wächst. Man könnte glauben, er ist permanent frisch rasiert. Sein Herz pumpt so schnell und stark, dass er den Puls im ganzen Körper spürt.
Ganz langsam zieht er sein Handy aus der linken Hosentasche und aktiviert die Taschenlampe, während er mit der anderen Hand die rostige Kofferraumklappe seines 26 Jahre alten großen Kombis aufmacht. Peter ist in höchster Alarmbereitschaft und weiß nicht so recht, was ihn erwartet.

Wird sie mich attackieren?
Ich könnte sie verstehen.

Doch es passiert nichts, die alte Frau liegt noch immer mit leicht geöffnetem Mund in derselben Position.
Peter flüstert. »Frau Hofbauer, ich bin es, Peter. Der Herr Dobernik, ich wohne im ersten Stock, direkt über Ihnen.«
Die alte Dame Anna, zeigt weiterhin keine Reaktion.
Peter, der inzwischen einen halben Schritt zurückgewichen ist, flüstert weiter. »Ich habe Sie hier bewusstlos gefunden und bringe sie jetzt nach Hause.«
Während er noch spricht, wird ihm klar, dass er das nur

tun kann, wenn sie das Bewusstsein erlangt und keine Erinnerungen an den Unfall hat.
Aus sicherer Entfernung leuchtet er ihr mehrmals hastig mit der Handytaschenlampe ins Gesicht.
Etliche Minuten vergehen, in denen er fassungslos mit leerem Blick vor sich hinstarrt, bevor er realisiert, dass er den nächsten Schritt machen muss.
Peter rümpft seine Nase, atmet tief durch und stupst sie zögerlich mit dem Zeigefinger an der Hose auf der Höhe des rechten Schienbeines. Sofort zuckt er vor Angst und etwas Ekel, mit seiner Hand zurück, als würde er auf eine heiße Herdplatte greifen.
Nach wie vor gibt es kein Lebenszeichen
Wiederholt rümpft Peter die Nase und berührt Anna, nachdem er eine ordentliche Portion Mut gefasst hat, etwas energischer, an der gleichen Stelle wie zuvor.
Doch auch diesmal bleibt eine Reaktion aus.
Noch mehr Panik macht sich in ihm breit. Seinen Kiefer presst er so stark zusammen, dass ihm seine Backenzähne schmerzen, während er erstaunlich schnell am Stand von einem auf den anderen Fuß tappt, als würde er einen Regentanz vorführen.
Noch einmal erfasst er mit einem geschärften Blick die Umgebung und holt danach eine kleine Trinkflasche aus dem Rucksack, welcher auf dem Beifahrersitz liegt. Peter krümmt seine Hand und leert sich ein wenig Wasser auf die Innenseite seiner Handfläche, um es Anna in das Gesicht zu spritzen.
Sein Blick wandert prüfend vom Kopf der Dame zu ihren Füßen und wieder zurück. Doch die Situation bleibt die

gleiche. Sie bewegt sich keinen Millimeter.
Peter schlägt die Hände über den Kopf zusammen und kneift die Augen zusammen, dabei kullert ihm eine Träne aus dem Auge. Die unvermeidliche Situation steht bevor. Er muss die mutmaßliche Leiche direkt an der Haut anfassen, um zu überprüfen, ob sie einen Puls hat. Allein bei dem Gedanken läuft ihm ein eiskalter Schauer über den Rücken. Um den Moment etwas hinauszuzögern, vergewissert sich Peter noch einmal, ob jemand in der Nähe ist. Nach einigen Minuten hat er endlich den nötigen Mut, um ihr auf der Suche nach der Halsschlagader an ihren faltigen Hals zu fassen. Peter muss sich dazu mit seinem rechten Knie auf der Kofferraumkante abstützen und sich etwas über ihren Körper beugen. Er drückt mehrmals an verschiedenen Stellen seine Finger seitlich an ihren Hals. Anfangs vorsichtig und zögerlich, dann wesentlich unruhiger und vehementer. Peter kann auch nach mehreren Versuchen kein Lebenszeichen erkennen.
»Ich habe sie umgebracht.«, sagt er trocken heraus, während er aus wenigen Zentimeter Entfernung auf ihr ausdrucksloses Gesicht starrt.
Seine Gefühle spielen verrückt. Es ist eine Mischung aus Fassungslosigkeit, Trauer, Panik, Hoffnungslosigkeit und Wut über sich selbst, die jedoch von seinem Überlebensinstinkt verdrängt wird.
Wie ferngesteuert nimmt er die riesige schwarze Wolldecke, welche neben Frau Hofbauer liegt und bedeckt sie damit vollständig. Er schließt mit zugemachten Augen und leicht gesenktem Haupt die

Klappe des Kofferraums und versinkt anschließend auf dem Fahrersitz. Peter kann es nicht begreifen und versucht den Unfall gedanklich zu rekonstruieren.

Wie so oft war ich spät dran, weil ich den blöden Wecker nicht hörte und lief die Stufen im Stiegenhaus zum Auto hinunter. Als ich den Motor starten wollte, bemerkte ich, dass ich meinen kleinen Koffer und meinen Rucksack im Vorzimmer vergessen hatte. Ich weiß noch, dass ich darüber nicht sonderlich überrascht war, da ich die letzten Tage aufgrund des Todes von Stefan durcheinander bin. Dennoch stresste mich der Umstand zusätzlich. In Eile lief ich den Stock hinauf und mit dem Gepäck wieder hinunter, schmiss den Koffer auf die Rückbank und den Rucksack auf die Beifahrerseite, startete den Motor, schob zurück und spürte einen leichten Widerstand, gefolgt mit einem dumpfen Aufprallgeräusch.

Peter stockt der Atem.
»Es ist eindeutig meine Schuld!«
Peters Augen werden glasig und seine Stimme geht unweigerlich in die Höhe.
»Wie konnte ich sie übersehen? Sie muss doch mehr oder weniger direkt neben dem Auto gestanden sein, als ich eingestiegen bin!«

Ich geniere mich vor mir selbst, dass ich ihr nicht geholfen habe. Das ist doch verdammt nochmal gar nicht meine Art! Was ist denn in mich gefahren!
Zu meiner Verteidigung, das war eine Ausnahmesituation. Ich war in Panik. Wer reagiert da schon rational?
Was soll ich jetzt machen? Was habe ich jetzt noch für eine

Wahl?
Die Rettung anrufen wäre wohl überflüssig.

Ein leichtes Grinsen kann sich Peter bei diesem sarkastischen Satz nicht verkneifen, obgleich es ihm in derselben Sekunde leidtut und er sich wieder auf seine Gedanken fokussiert.

Soll ich die Polizei anrufen und mich stellen?
Moralisch und rechtlich gesehen muss ich es so machen.

Peter nimmt sein Handy aus der Hosentasche, entsperrt es mit seinem zittrigen Daumen, während ihm eine weitere Träne die Wange hinunterläuft und auf sein verblichenes T-Shirt tropft. Er tippt zielstrebig und überzeugt »133« ein. Bevor er auf die grüne Hörertaste für den Anruf drückt, hält er jedoch abrupt inne.

Ich kann das nicht tun!
Es würde meiner Mama das Herz brechen, wenn sie sieht, wie ihr einziges Kind ins Gefängnis muss.
Meinem Vater wäre vermutlich gleichgültig. Nachdem ich mir oft genug anhören darf, was ich nicht alles falsch mache. Das wäre sogar eine Art von Bestätigung meines Versagens für ihn! Aber meine Mutter würde das nicht verkraften. Schon gar nicht momentan, nachdem Onkel Stefan gestorben ist.
Ich kann ihr das nicht antun, sie braucht mich jetzt! Ich muss stark sein und alles dafür tun, dass niemand von dem Unfall erfährt!

Eine Stunde Autofahrt hat Peter noch vor sich und

endlich ist die Autobahn in Sicht. Das Fahren auf der Landstraße mit den Ortschaften zwischendurch macht ihn äußerst nervös, da er hinter jedem Baum oder Laternenmast einen Polizisten vermutet, der ihn aufhalten könnte. Penibel hält er sich deshalb an die jeweilige Geschwindigkeitsbegrenzung.
Auch wenn es sich Peter nie eingestehen würde, auf eine gewisse Art und Weise ist er erleichtert, dass sie nicht doch am Leben war. So muss er sich nicht erklären, zumindest noch nicht.
Seine Autobahnausfahrt Völkermarkt-Ost ist in Sichtweite. Nur noch eine halbe Stunde trennt ihn noch von seinem Ziel und sein Harndrang ist mittlerweile enorm. Eine Pause kommt jedoch nicht infrage, das Risiko ist ihm zu groß. Es könnte ihn jemand ansprechen oder sonst etwas passieren.
Peter kann es kaum erwarten zu seinen Eltern nach Bad Eisenkappel zukommen. Seltsam wie sich ein Empfinden innerhalb kürzester Zeit ändern kann. In der Früh hatte er, wie jedes Mal, wenn er an jenen Ort zurückkehrt, an dem er aufgewachsen ist, Magenschmerzen und sträubte sich innerlich dagegen. Zumal das Begräbnis von Stefan vor der Tür stand. Einzig mit ihm und seiner Mutter verbindet er nahezu ausschließlich schöne Momente.
Trotz der prekären Situation macht er sich jetzt darüber Gedanken, wie es in der Zukunft ohne Stefan sein wird. Wie und ob sich seine Mutter verändern wird, ob sie weiterhin die hilfsbereite und liebenswerte Frau bleibt, die immer Mitleid und ein Herz für die Schwächeren hat, oder ob sie sich zurückzieht und verbittert. Peter hofft,

dass er ihr wenigstens eine Stütze sein kann, nachdem er von seinem Vater nicht den geringsten Beistand oder gar eine Hilfe erwarten kann. Wenige Augenblicke noch, dann kann er sich wieder anhören, dass er ein Weichei und zu schwach für diese Welt ist, sich nicht am Riemen reißen kann und den Allerwertesten nicht hochbekommt. Von den verächtlichen Blicken der Nachbarn, die er seit seiner frühen Jugend ertragen muss, gar nicht zu sprechen.

Beim Überqueren des Völkermarkter Stausees wird er aus seinen Gedanken gerissen, als ihm die Idee kommt, Frau Hofbauer, in der Nacht von der Brücke aus zu versenken. Peter fragt sich, ob die Leiche untergehen würde oder ob er einen beziehungsweise mehrere Steine oder etwas anderes zum Beschweren benötigt. Nach kurzer Überlegung verwirft er den Gedanken sogleich wieder, da das Risiko auf der langgezogenen Brücke gesehen zu werden zu hoch ist.

Kurz vor dem Ortsschild Eberndorf traut Peter seinen Augen nicht. Wenige Hundert Meter Entfernung sieht er ein Polizeiauto am Straßenrand stehen. Daneben zwei wild gestikulierende Polizisten, die ihm eindeutig signalisieren, dass er anzuhalten hat.

»Verdammt, das darf doch nicht wahr sein! Was wollen die von mir? Ich bin doch gar nicht zu schnell gefahren. Heute ist nicht mein Tag. Das kann etwas werden. So eine Scheiße!«, flucht er lautstark vor sich hin. Seine Atemfrequenz erhöht sich dramatisch und auch die Schweißperlen sind zurück auf seiner Stirn.

Der Volvo kommt mit leicht quietschenden Bremsen zum

Stillstand.

Peter! Jetzt reiß dich sofort zusammen!

Zwei groß gewachsene Herren, einer etwa Mitte 50, der andere um die 40, stehen an der Fahrerseite vor dem geschlossenen Fenster. Aus Nervosität vergaß Peter es zu öffnen und starrt sie durch die Scheibe mit leerem Blick an. Der Älterer der beiden Polizisten klopft mit verwunderter Miene gegen das Glas.
»Öffnen Sie bitte das Fenster!«, sagt er mit einer durchwegs freundlichen, aber bestimmten Tonart.
Peter reißt es innerlich, als würde er aus einem Albtraum erwachen. Sofort folgt er der Anweisung und rümpft zugleich mit der anderen Hand an der Nase, während er einen starken Luftstoß ausbläst.
»Grüß Gott, der Herr! Zeigen Sie mir ihren Führer- und Zulassungsschein.«
»Guten Morgen einen Moment bitte.«, antwortet Peter mit eingeschüchterter Stimme, die ihm beinahe versagt.
Er schnauft nochmals sichtlich tief durch und reicht dem Polizisten mit zittriger Hand seinen Führerschein, der diesen schon mit ausgestreckter Hand erwartet.
»Hier ist der Führerschein, den Zulassungsschein muss ich noch suchen.«
Peter wird wieder etwas nervöser.
»Ich versteh das nicht, der müsste doch normalerweise im Handschuhfach sein.«
Während er herumkramt, sieht er im Augenwinkel, dass der zweite Polizist langsam um sein Auto schleicht und

sich die diversen Dellen und Rostflecken genauer ansieht, was Peters Bewegungen immer hektischer werden lässt. Plötzlich schießt ihm der Gedanke in den Kopf, dass er gar nicht nachgesehen hat, ob sich Blutflecken oder sonstige Spuren auf dem Heck des Autos befinden. Mit einem Auge versucht er die Handlungen des begutachtenden Polizisten im Seiten- und Rückspiegel zu beobachten, während er noch immer hilflos den Zulassungsschein sucht.

»Ahh, da ist er ja. Bitte schön.« Gekünstelt versucht er seine Panik zu überspielen, was ihm jedoch nicht im Ansatz gelingt.

Auch dem Polizisten, welcher seine Papiere in der Hand hält, ist dies nicht entgangen.

Beide Beamte kontrollieren einige Schritte entfernt, peinlich genau die Dokumente und werfen immer wieder einen Blick auf Peter und das Auto.

Die Sekunden verstreichen nur langsam, die Peter wie eine Ewigkeit vorkommen. Er weiß nicht so recht, wie er sich verhalten soll.

Wo soll ich hinschauen?
Wie ist meine Mimik?
Soll ich das Radio abdrehen?
Locker vor mich hin pfeifen?
Was soll ich mit meinen Händen machen?
Verdammt, ich hoffe, dass das bald ein Ende hat. Ich halte das nicht mehr aus!

Peter begutachtet sich im Rückspiegel und bemerkt, dass

er im Gesicht kreidebleich ist. Mit seinen Handflächen rubbelt er unauffällig über seine Wangen, um einen rötlichen Teint zu erzeugen. Genau in diesem Moment kommen beide Polizisten zu seinem Auto zurück.
»Danke Herr Dobernik. Ihr Auto hat die besten Jahre auch schon hinter sich.«, sagt der jüngere Polizist und kann sich ein Grinsen nicht verkneifen. »Zeigen Sie uns bitte noch die Warnweste, das Pannendreieck und den Verbandskasten, dann haben wir es auch schon wieder hinter uns.«, ergänzt er mit lässiger Stimme, während er Peter die Papiere durch das Fenster reicht.
Der Schreck fährt Peter bis in die Knochen.
Natürlich hat er die geforderten Sachen im Kofferraum verstaut. Wo sonst.

Jetzt brauche ich eine geniale Idee.
Nur welche?
Einen Herzinfarkt vortäuschen?
Einfach aufs Gaspedal steigen und flüchten?
Ich könnte sagen, dass ich nichts mithabe. Vielleicht bekomme ich nur eine Verwaltungsstrafe und kann weiterfahren?

»Alles in Ordnung mit Ihnen? Haben Sie mich verstanden?«
Peters Blick bleibt unbeirrt nach vorne gerichtet, die Sekunden verstreichen.
»Jetzt reicht es mir! Sind sie schwerhörig? Steigen Sie sofort aus dem Auto aus!« Die Stimme des Polizisten wird eindeutig schärfer.

»Günther, hol den Alkomat und vielleicht machen wir auch noch einen Drogentest.«
Erst als der Polizeibeamte mit seinen Fingerknöcheln ungeduldig gegen das Dach poltert, öffnet Peter zögerlich die Autotür, steigt aus und entnimmt dem Polizisten mit seiner schweißnassen Hand die Papiere und steckt sich diese in die hintere Hosentasche ein.
»Na bitte, er ist munter. Geht doch!« Mit provokanter Aussage kommt Günther mit dem Alkomat und einen Urintest zurück.
Peter malt sich auf den wenigen Schritten zum Kofferraum aus, wie die zwei wohl gleich reagieren werden.

Der Anblick wird für sie doch ein wenig überraschend sein, da ich nicht gerade wie der Prototyp eines Killers ausschaue. Ich hoffe, sie ziehen nicht ihre Waffe. Am besten lasse ich meine Hände in der Höhe.
Oder sollte ich sie lieber vorwarnen?
Jetzt ist es also so weit. Gleich wird sich mein Leben wieder einmal dramatisch ändern. Ich fürchte, diesmal wird es sogar um einiges schlimmer werden.

Um noch ein paar Sekunden zu gewinnen, streicht Peter seine ungewaschenen Haare mit den Fingern zur linken Seite, zu einem Seitenscheitel hinüber und richtet sich danach seine Brille zurecht, gefolgt von einem Naserümpfen, das er jedoch unbewusst in den Bewegungsablauf einfließen lässt.
Peter greift mit seiner rechten Hand zur

Kofferraumöffnung und zieht an. Knack. Das Schloss hackt und lässt sich nicht öffnen. Er rüttelt etwas daran herum und dreht seinen Kopf zurück. »Anscheinend hängt das Schloss schon wieder. Da kann man nichts machen.«, sagt er und zieht dabei seine Schultern in die Höhe.

Die Geduld der beiden Polizeibeamten scheint sich nun endgültig dem Ende zu neigen. Der jüngere Polizist drängt Peter rücksichtlos mit einem Rempler zur Seite und reißt mit roher Gewalt den Kofferraumdeckel in Höhe. Plötzlich kracht es, gefolgt von einem lautstarken Schrei. Teile eines Außenspiegels fliegen mitsamt dem Alkomat und dem Urintest durch die Luft. Günther wurde von dem vorbeifahrenden Auto am Arm gestreift und geht schließlich zu Boden.

»Alles in Ordnung, Günther? Komm! Den holen wir uns!«, brüllt der Polizist, der den Kofferraum geöffnet hat, zu seinem Kollegen, während er diesen mit beiden Händen in die Höhe zieht. Die zwei sprinten, ohne Peter weiter zu beachten, zu ihrem Wagen und nehmen sofort die Verfolgung auf.

Es dauert eine Weile, ehe Peter realisiert, was gerade passiert ist. Er steht mutterseelenalleine mit geöffnetem Kofferraum am Fahrbahnrand und kann sein Glück nicht fassen. Völlig erschöpft drückt er die Kofferraumklappe hinunter, blickt sich zwei Mal um, steigt ein und fährt los. Sofort verliert er sich in seine Gedanken.

Stell dir vor, was passiert wäre, wenn dieser Rowdy den Polizisten nicht angefahren hätte.

Ich wäre an Ort und Stelle verhaftet und in Handschellen abgeführt worden. Ein stundenlanges Verhör wäre mir wohl erspart geblieben. Da gibt es nicht viel zu erzählen. Ich habe die Frau unabsichtlich beim Ausparken angefahren und sie war tot. Ich bin in Panik geraten und die Dinge haben ihren Lauf genommen. Selbst wenn ich sofort die Rettung gerufen hätte, sie würde nicht mehr am Leben sein. Was macht es da unter dem Strich schon für einen Unterschied, ob ich richtig oder falsch gehandelt habe. Das Ergebnis ist das Gleiche.
Wie lange sitzt man für so etwas eigentlich im Gefängnis?
5 Jahre?
In meinem Fall vermutlich mehr, nachdem ich mich nicht umgehend gestellt habe. Dann würde mein Handeln doch einen Unterschied machen, aber auch nur, falls sie mich erwischen!
Vielleicht wären es 10 Jahre? Dann wäre ich 35. Was soll ich dann noch großartig mit meinem Leben anstellen?
Für die anderen Insassen bin ich ein gefundenes Fressen. Das schaff ich sowieso keine Woche unbeschadet dort drin.
Warum muss ausgerechnet mir so etwas passieren. Ich bin doch grundsätzlich ein guter Mensch! Ich tue niemanden etwas zuleide und versuche, so gut es geht, jeder Konfrontation aus dem Weg zu gehen. Das Leben ist so ungerecht!

Peter biegt die Straße am Friedhof vorbei ab und fährt hinauf zum Haus seiner Eltern. Auf dem Weg kommt er bei der Wohnanlage, in der Stefan gewohnt hat, vorbei. Wenige Meter bevor Peter in die Gasse zu seinen Eltern abbiegt bleibt, hält er den Wagen an und macht sich darüber Gedanken, wohin er sich einparken soll. Vor dem Haus seiner Eltern könnte er ab und zu von dem Fenster aus einen Blick auf das Auto werfen. Andererseits würde vielleicht jemand, im schlimmsten Fall seine Eltern das Starten des Motors hören, wenn er sich in der Nacht der Leich entledigen möchte. Schließlich kann er Frau Hofbauer wohl schlecht unauffällig durch die Gegend tragen. Einen genauen Plan hat er nach wie vor nicht. Nur eines ist ihm klar, er muss auf die Dunkelheit warten. Zu guter Letzt spielt sein Vater in seinen Überlegungen eine gewichtige Rolle. Peter verdächtigt ihn nach wie vor, dass Ivan früher immer wieder seine Privatsphäre missachtet hat und seine Sachen durchsucht hat. Auch wenn Peter es ihm nie nachweisen konnte. Deshalb entscheidet er sich schlussendlich umzudrehen und bei Stefans alter Wohnung zu parken und die drei Minuten hinauf zu Fuß zu gehen.

»Hey, Mama! Schön, dich zu sehen.«
Peter versucht sich seine Erlebnisse nicht anmerken zu lassen. Er weiß, dass er mehr als nur eine gute schauspielerische Leistung braucht, um seine Mutter täuschen zu können.
Margarethe steht bereits seit einer knappen halben Stunde wartend im kleinen Vorgarten. Sie nimmt ihre rote Kochschürze, auf der ihr Name eingestickt ist, ab und geht zwei Schritte auf Peter zu. Margarethe trägt sie immer, wenn ihr Sohn kommt, da er ihr diese vor zwei Jahren zu Weihnachten geschenkt hat.
»Da ist er ja, mein kleiner Bub. Ich habe dich so vermisst! Du hast uns viel zu lang nicht besucht.«
Sie drückt Peter einen fetten Schmatzer auf die Wange

und umarmt ihn innig.

Peter wollte sich gerade rechtfertigen, warum er längere Zeit nicht auf Besuch war, doch seine Mutter lässt ihn erst gar nicht zu Wort kommen, a es für sie mehr wie eine Floskel als ein Vorwurf ist.

»Wo hast du denn dein Auto geparkt? Bist du zu Fuß aus Frankenfels hergekommen? Das würde erklären, warum du erst jetzt kommst und warum du so abgekämpft aussiehst.«, versucht sie einen kleinen Scherz zu machen, der bei Peter allerdings nicht ankommt.

»Das steht unten, bei der Wohnung von Stefan. Ich habe mich noch ein wenig im Park auf die Bank gesetzt und an die alten Zeiten mit ihm gedacht.«

»Ja ich weiß, er fehlt dir genauso sehr wie mir. Das Leben ist einfach nicht fair.«

»Wem sagst du das, Mama.« Peter dachte in diesem Moment allerdings eher an seinen Unfall mit Frau Hofbauer, als an Stefan.

Auf dem Weg in das Haus hinein legt er seinen Arm um seine Mutter und sucht verzweifelt nach aufmunternden Worten. Bevor er allerdings etwas zu ihr sagen kann, hallt ein ironischer Ton aus dem Keller.

»Da ist er ja. Unser ganzer Stolz.«

Peter gibt seinem Vater keine Antwort, er schüttelt lediglich seinen Kopf.

Margarethe blickt bedauernd zu ihrem Sohn. Sie wird sich wohl nie an die Situation gewöhnen können. »Gib her, ich bringe deine Tasche in dein Zimmer und dann setzen wir uns zusammen an den Tisch und reden ein wenig. Du hast mir doch sicher einiges zu erzählen, oder?«

Wenn sie nur wüsste, was ich alles zu erzählen hätte. Dann würde sie sicher nicht voller Vorfreude darauf warten.

»Sei mir bitte nicht böse Mama, ich möchte mich gerne etwas schlafen legen. Die Autofahrt war sehr anstrengend und ich bin noch etwas von der Erkältung geschwächt. Danach können wir gerne reden, okay?«
Margarethe kann ihre Enttäuschung nicht verbergen, dennoch zeigt sie Verständnis.
»Ist schon in Ordnung. Leg dich hin, ruh dich aus und wenn du dich fit fühlst, dann kommst du hinunter. Wir haben noch etwas Zeit, bevor du wieder nach Hause fährst.«

2 – Das Versteck

Peters Plan war natürlich nicht zu schlafen, sondern sich etwas Zeit und vor allem Ruhe zu verschaffen, um die nächsten Schritte bezüglich seines Problems zu planen. Mittlerweile befindet er sich seit zwei Stunden in seinem ehemaligen Kinderzimmer und hat noch immer keine Ahnung, wie er weiter vorgehen soll. In der ersten Stunde ließ er sich von seinen Kindheitserinnerungen, die immer wieder in seinem Kopf herumgeisterten, ablenken. Danach musste er daran denken, dass seine Mutter eine äußerst ähnliche Statur wie Frau Hofbauer hat. Beide sind in etwa 1,60 Meter groß und sehr zierlich, beinahe zerbrechlich. Er verglich ihr Aussehen miteinander, beide tragen keinen Schmuck und haben einen Pagenschnitt. Der einzige Unterschied war die Haarfarbe. Margarethes Farbton war durchgängig dunkelbraun, ähnlich wie bei Peter, wohingegen Frau Hofbauers Haar ausschließlich grau war. Er grübelte, ob seine Mutter in 30 Jahren genauso ausschauen könnte. Nur für wenige Augenblicke gelang es Peter, sich zwischendurch auf eine Problemlösung zu fokussieren. Obwohl er die Gegend wie seine Westentasche kennt, fällt ihm beim besten Willen kein geeigneter Ort ein, die Leiche zu verstecken. Aussichtslos und resignierend geht Peter die Stufen hinunter in das Wohnzimmer.

»Na, bist du endlich ausgeschlafen?«, fragt ihn seine Mutter mit einem Unterton, als würde sie genau wissen,

dass er nicht geschlafen hat.
»Es geht so. Ich hätte noch die eine oder andere Stunde vertragen können.«, seufzt Peter.
Sein Gesicht wird dabei rot, weil es ihm unangenehm ist, seine Mutter anlügen zu müssen.
»Setz dich nieder und erzähl mir, was es bei dir Neues gibt.«
»Nicht viel Mama. Ich habe noch immer denselben langweiligen Job im Bergbauernmuseum, der mir nach wie vor keinen Spaß macht und das Geld genügt auch gerade so zum Überleben.«
»Wenigstens hast du nach längerer Suche doch in der Ortschaft eine Arbeit gefunden. Das ist doch auch etwas wert, wenn man nicht ewig hin und her fahren muss. Außerdem findest du so hoffentlich etwas Anschluss zu den Leuten.«
»Ja, du hast eh recht.«, erwidert Peter mit einer monotonen Stimme. Er dachte nicht großartig über seinen Satz nach, er wollte sich lediglich auf keine Diskussion einlassen.
»Sonst tut sich nichts bei dir? Du bist heute noch verschwiegener als sonst.«
»Ich überlege, ob ich mich nächste Woche als EDV-Techniker bewerbe. Allerdings gibt es da einen Haken, besser gesagt zwei.« Peter macht eine Pause und trinkt einen großen Schluck Wasser aus seinem Glas.
»Na sag schon, lass dir doch nicht alles aus der Nase ziehen.« Margarethe wirkt sichtlich aufgeregt und ungeduldig.
»Es ist nur ein 20-Stunden-Job. Dementsprechend ist die

Bezahlung nicht besonders und ich habe im Internet ein paar Kundenrezensionen über die Firma gelesen.« Peter nimmt wieder einen Schluck, während seine Mutter ihn mit einer hektischen Handbewegung auffordert, weiter zu erzählen.
»Dort schreiben die Kunden, dass das Personal nicht freundlich sein soll und«
Margarethe unterbricht ihn sofort.
»Dann lass es lieber bleiben. Ein gutes Arbeitsklima ist wichtig, das weißt du ja eh selbst. Du wirst schon etwas anderes finden, ich glaube fest daran. Erzwingen kann man sowieso nichts.« Margarethe streicht ihm dabei aufmunternd über den Oberarm.
»Wenn ich nur etwas Startkapital hätte, dann könnte ich mir meinen Traum verwirklichen und mich selbstständig machen. Immer mehr ältere Leute interessieren sich für einen Computer und das Internet. Brauchen aber Hilfe, weil sie sich kaum auskennen. Ich kann mir gut vorstellen, dass das zum Beispiel in einem Altersheim immer mehr gefragt sein wird. Genau das wäre mein Konzept, ich spezialisiere mich darauf.«, murmelt er leise vor sich hin.
»An deiner Geduld müsstest du dann aber noch arbeiten. Du weißt ja, wie die Alten drauf sind.«
Peter sieht zwar das schmunzelnde Gesicht seiner Mutter, er selbst kann dem Scherz jedoch wie zuvor nichts abgewinnen.
»Im Ernst, das hört sich wirklich schön an. Eine gute Idee. Du wirst das schaffen, vielleicht sogar früher als du denkst.« Ihre Mundwinkel schnellen dabei in die Höhe,

was ihn mehr irritiert als freut.
»Nicht, dass es mich sonderlich interessiert, aber wo ist eigentlich der Papa?« Peter versucht das Thema krampfhaft zu ändern und bereut die Frage zugleich.
»Der Rene hat angerufen. Er braucht ihn dringend, weil das Auto von seinem Schwager heute noch fertig werden muss.«
»Am Sonntag?«
»Der Papa ist gerne in der Werkstatt, du weißt eh wie er ist. Vielleicht wechselt er aber demnächst zum Franz. Der hat ihm anscheinend ein sehr gutes Angebot gemacht und er könnte dort auch wieder Landmaschinen anstatt der Autos reparieren. Zumindest habe ich das so verstanden, er redet ja nicht viel darüber. Außerdem kommt er mit dem einen neuen Kollegen nicht zurecht.«
»Das wundert mich nicht, bei seiner Art.«, erwidert Peter gehässig.
»Ja, ich weiß. Er ist eigen geworden.«, versucht Margarethe zu beschwichtigen.
»Eigen geworden? So kann man es natürlich auch ausdrücken.«, fügt Peter sarkastisch hinzu.
»Das wird sich auch wieder ändern.«, sagt sie in einem Ton, der nicht viel Hoffnung mit sich bringt.
»Das glaubst du doch selbst nicht.«
»Immerhin hat er meiner Bitte, sich dein Auto anzuschauen, zugestimmt. Er weiß nur nicht, ob es sich heute noch ausgehen wird.«
Peter reißt die Augen auf.
»Wie bitte? Er will sich mein Auto anschauen? Warum das denn?«

»Du jammerst doch seit über einem Jahr, dass du den Kofferraum hin und wieder nicht aufbekommst, ganz zu schweigen von den anderen Kleinigkeiten.« Margarethe schaut ihn aufgrund seines emotionalen Ausbruches verwundert an.

»Oh, das hätte ich fast vergessen. Es ist nämlich schon viel besser worden. Ich denke, das liegt nur an der Temperatur. Jetzt im Sommer geht alles wieder ohne Probleme. So gesehen muss er sich keinen Stress machen und kann sich das ein anderes Mal anschauen.«, sagt er leicht verunsichert.

Margarethe reagiert nur mit einem stutzigen Blick und Peter legt noch einmal mit einer versöhnlichen Stimme nach, um aus der Situation herauszukommen. »Kannst du ihn jetzt bitte anrufen und ihm sagen, dass sich das erledigt hat? Er ist doch sicher auch froh, wenn er den Sonntag noch in Ruhe zu Hause ausklingen lassen kann.«

Der Blick seiner Mutter wird immer skeptischer.

»Auch, wenn ich das wollen würde, er hat sein Handy nicht mit und in der Werkstatt ist am Sonntag sowieso niemand im Büro.«

Peter versucht sich damit zu beruhigen, dass sein Vater keinen Schlüssel von dem Auto hat. Zu 100 Prozent ist er sich jedoch auch nicht sicher. Es besteht zumindest in seinem Kopf die Möglichkeit, dass Ivan sich irgendwann einen Schlüssel nachmachen hat lassen. Das würde auch zu seinem Kontrollverhalten Peter gegenüber passen. Peter möchte absolut kein Risiko eingehen und springt von seinem Sessel auf. Beiläufig erwähnt er auf dem Weg zum Vorzimmer, dass er noch spazieren gehen will. Schneller als Margarethe schauen kann, hat sich Peter seine Schuhe angezogen und den Türgriff in der Hand. Mit Mühe und Not kann sie ihn noch einbremsen.

»Warte doch! Ich würde auch gerne etwas spazieren gehen. Drehen wir gemeinsam eine kleine Runde!«, ruft sie ihm energisch hinterher.

Peter wird innerlich von Sekunde zu Sekunde unruhiger. Er bebt förmlich und würde am liebsten zu seinem Auto sprinten, um diese Sache ein für alle Mal erledigen. Aber was hat er jetzt schon für eine Wahl, als einen gemütlichen Spaziergang mit seiner Mutter.

»Jetzt kannst du dich mit deinen 25 Jahren noch immer nicht ordentlich anziehen! Du hast schon wieder dein verschlissenes T-Shirt an und deine Schuhe haben auch schon bessere Zeiten hinter sich. So habe ich dich eigentlich nicht erzogen!«, nörgelt Margarethe mit einem liebevollen Unterton an ihm herum.

An Peter gehen diese Worte völlig spurlos vorüber. Zum einen hört er diese für ihn unterschwellige Kritik bei nahezu jedem Treffen und zum anderen hat er momentan andere Sorgen, als sich über sein ausgeblichenes schwarzes Shirt, das langsam, aber sicher mehr graue als schwarze Farbtöne hat, Gedanken zu machen.

Peter sieht sich die Umgebung mit Argusaugen an, als wäre er zum ersten Mal hier. Er fokussiert sich auf geeignete Stellen, um die Leiche zu verstecken. Muss sich jedoch bald damit abfinden, dass es den perfekten Ort dafür mit seinen Möglichkeiten hier nicht gibt.

Die Sonne versinkt in den nächsten Stunden hinter den Bergen. Spätestens dann ist es Zeit zu handeln. Noch einen Tag mit einer Leiche im Kofferraum schaffe ich nervlich nicht. Abgesehen davon besteht nach wie vor jederzeit die Gefahr, dass sich mein Vater das Auto ansieht oder vielleicht sogar schon angesehen hat!
Ab wann beginnt eine Leiche eigentlich einen Geruch zu entwickeln? Eine gute Frage.
Ich muss mir schleunigst etwas einfallen lassen, um die arme Frau Hofbauer verschwinden zu lassen. Ich hasse es so unter Druck zu stehen, das blockiert mich total! Wie soll man in so einer Situation auch ruhig bleiben. Ich bin doch kein Psychopath! Ich muss das heute unbedingt erledigen, komme was wolle.

Es ist seiner Mutter zu verdanken, dass sich Peter nicht weiter in diese Hirngespinste verstricken kann, da sie sich herzhaft um seinen Arm klammert. Überrascht nimmt er zur Kenntnis, dass die zwei soeben in die Gasse zu ihrem Haus eingebogen sind und er seiner Mutter kaum zugehört hat. Ob sie es bemerkt hat? Margarethe führte den kompletten Spaziergang über einen Monolog. Sie schwelgte in Erinnerungen und erzählte Peter eine Geschichte nach der anderen aus ihrer Kindheit mit Stefan. Zwischendurch kullerten immer wieder Tränen ihre schmalen Wangen hinunter. Dieser Verlust kostet ihr sichtlich Substanz. Sie hat zum ersten Mal seit Peters schwerer Zeit in der Jugend deutlich sichtbare Augenringe. Peters schlechtes Gewissen plagt ihn, da er ihr beim Spaziergang keine Aufmerksamkeit schenkte. Er versucht sie so gut als möglich zu trösten. Eine Sache, die Peter ganz und gar nicht beherrscht. Er stammelt und stottert auf der Suche nach einem sinnhaften Satz herum. Margarethe erlöst ihn schlussendlich mit einem leichten, gequälten Lächeln und tätschelt ihm dabei auf den Hinterkopf.

Beim gemeinsamen Abendessen ist die Stimmung am absoluten Tiefpunkt. Ivan fixiert, ohne einmal zu blinzeln, den Fernseher und macht keine Anstalten, Interesse an einer Konversation zu zeigen. Margarethe und Peter sind mit sich selbst beschäftigt, beide stochern mehr auf ihrem Teller herum, als sie essen. Um sich etwas von dem morgigen Begräbnis abzulenken, denkt Margarethe über die Zeit nach, in der sie Ivan kennenlernte.
Es war im Sommer 1995, sie war gerade erst 17 Jahre alt geworden. Ivan, der um fünf Jahre älter ist, hat wie schon die Jahre zuvor, über die Sommermonate einen Job im Gastgewerbe angenommen. Ursprünglich wollte er sich damit ein günstiges Haus in Slowenien finanzieren und den Grundstein für eine eigene Familie legen. Die zwei lernten sich durch einen Zufall und mehr oder weniger dank Stefan kennen. Er war zwei Jahre älter als Margarethe und damals häufig in jenem Lokal, in dem Ivan arbeitete. Ihr Bruder verlor seinen frisch bekommenen Führerschein, den ein befreundeter Kellner unter dem Tisch fand. Da Ivan bereits Dienstschluss hatte, aber noch im Lokal war, beschrieb ihm der Freund von Stefan den Weg zu seinem Haus und bat darum, ihm

den Führerschein zu bringen. Es war, so würde Margarethe sagen, ein magischer Moment, als sie ihn zum ersten Mal sah. Sofort verspürte sie ein Kribbeln im Bauch. Er war stattlicher junger Mann, der vor Kraft nur so strotzte und hatte etwas Geheimnisvolles an sich, das Margarethe irrsinnig anzog. Von all dem bekam Ivan zunächst nichts mit, da er sie an diesem Abend gar nicht bemerkte. Margarethe löcherte in den nächsten Tagen ihren Bruder mit allen möglichen Fragen über Ivan. Doch Stefan konnte ihr nicht viel sagen, da er Ivan selbst kaum kannte. Schließlich war ihre Neugier und Sehnsucht zu groß. Sie ging trotz dem Verbot ihrer Eltern einige Male mit ihrem Bruder in das Lokal und bezirzte Ivan so gut sie konnte. Die anfängliche Kommunikation gestaltete sich schwieriger, als sie dachte, da er nur Grundkenntnisse der deutschen Sprache hatte. Doch die Chemie zwischen ihnen stimmte auf Anhieb und sie nahmen die sprachlichen Barrieren mit Humor. Ivan kam in den folgenden Monaten, so oft er konnte nach Kärnten, um sie zu besuchen. Es war für Margarethe eine äußerst aufregende Zeit. Da ihre Eltern sehr gläubig waren, mussten sie ihre Treffen geheim halten. Ebenso galt es damals als ungeschriebenes Gesetz, dass sie einen Kärntner heiraten wird. Nur Stefan war involviert und half den beiden bei ihrer Affäre, so gut es ging. Trotz der Gefahr, auch von den Nachbarn und Bekannten erwischt zu werden, zeigte sie ihm die Gegend, in der sie aufwuchs. Kurz vor Weihnachten waren sie sogar für drei Tage gemeinsam Skifahren.

Margarethe schmunzelt beim Essen darüber. Sie weiß gar

nicht mehr, wie sie das damals angestellt und was sie ihren Eltern für eine Geschichte aufgetischt hat. Stefan wüsste es mit Sicherheit noch.

Kurz darauf wandeln sich ihre Gesichtszüge wieder zu einer ernsthaften Miene, denn sie muss unweigerlich an das denken, was danach passierte. Im März des darauffolgenden Jahres kamen ihre Eltern bei einem tragischen Autounfall ums Leben. Ein Sattelschlepper übersah ihr Auto und nahm ihnen die Vorfahrt. Als Ivan davon am Telefon erfuhr, machte er sich sofort auf den Weg zu Margarethe. Er ist danach nur noch einmal, um seinen Job zu kündigen und sein Hab und Gut zu holen, nach Domzale zurückgekehrt. Seitdem hat er, zumindest soweit Margarethe weiß, keine zehn Mal mit seinen Eltern telefoniert. In den letzten Jahren überhaupt gar nicht mehr. Sie weiß nicht einmal, ob sie noch am Leben sind. Anfangs versuchte sie noch herauszufinden, warum er keinen Kontakt zu seinen Eltern pflegen möchte, doch sie gab es irgendwann auf, nachdem er immer sofort abblockte, wenn es um dieses Thema oder auch um seine Kindheit ging.

Der Verlust ihrer Eltern schweißte Ivan und Margarethe noch enger zusammen. Im Frühjahr, wenige Tage nach ihrem 18. Geburtstag, heirateten sie und lebten in ihrem Elternhaus, während Stefan sich in der Nähe eine Wohnung nahm. Mit Peters Geburt, zwei Jahre später, war das Familienleben perfekt.

Bis Peter zwölf Jahre alt wurde, war es die glücklichste Zeit ihres Lebens. In den darauffolgenden Wochen änderte sich alles. Anstatt Margarethe und auch Peter in der schwierigen Zeit eine Stütze zu sein, kapselte sich Ivan ab und verbrachte immer mehr Zeit in der Arbeit oder sonst wo. Wenn er dann zu Hause war, wollte er sich vor dem Fernseher ausruhen und nichts von den Problemen hören. So kam es dazu, dass sie infolge nur noch das Notwendigste miteinander redeten. Ivan sprach generell kaum über seine Gefühle, das war schon von Beginn an so. Es machte Margarethe jedoch nichts aus, solange die Familie intakt war. Sie konzentrierte sich daraufhin noch mehr auf Peter und stellte alles hinten an, was hin und wieder zu viel des Guten war.

Peter geht gedanklich noch einmal den vorherigen Spaziergang und seine Möglichkeiten durch. Sein derzeitiger Plan A sieht es vor, die Leiche im Wald zu vergraben. Dagegen spricht allerdings, dass er lautlos an eine Schaufel aus dem Keller gelangen und sie danach unauffällig reinigen oder zumindest verstecken muss. Sein Plan B, der eigentlich kein ausführbarer Plan ist, sieht vor, dass er die Frau Hofbauer an einem kleinen Abhang platziert und es wie einen Unfall aussehen lässt. Allerdings würde sich hier sehr schnell die Frage stellen, wie sie hier hergelangt ist. Somit würde früher oder später der Verdacht auf Peter gelenkt werden.

»Was liegt dir denn am Herzen?«

Peter realisiert anfangs gar nicht, dass die Frage an ihn gerichtet war und starrt seine Mutter einige Sekunden an, ehe er bemerkt, dass sie auf eine Antwort wartet.

»Ach!«, seufzt er.

»Ich verstehe einfach nicht, wie das passieren konnte.

Stefan kannte doch die Wanderwege auf dem Hochobir, wie kein zweiter. Wie hat er da hinunterstürzen können?«
Margarethe sieht ihn mit aufgerissenen Augen an. Sie ringt mit sich, ob sie ihm ihren Verdacht erzählen soll. Nach einer Weile beginnt sie jedoch zu reden. »Weißt du Peter, das habe ich mich natürlich auch gefragt. Es ist ihm in der letzten Zeit nicht besonders gut gegangen und er hatte wieder mit sich zu kämpfen.«
Danach hört sie abrupt auf zu sprechen und Peter wird hellhörig.
»Wie meinst du das? Es ging ihm nicht gut und er hatte mit sich zu kämpfen?«
Sie zögert merklich. Es fällt ihr schwer weiter über ihre Vermutung zu reden.
»Er war, wie wir wissen, generell ein introvertierter Mensch, der nicht viele soziale Kontakte hatte und diese auch nicht brauchte, doch in den letzten Wochen zog er sich immer mehr zurück. Ich suchte öfter das Gespräch und wollte wissen, was mit ihm los ist und was ihn bedrückt. Doch er wollte auch mit mir nicht reden. Er sagte, dass er das mit sich selbst ausmachen muss. Ich sah ihm an, dass ihn etwas quälte und ich konnte ihm nicht helfen!«
Margarethe hält kurz inne und versucht ihre Tränen zu unterdrücken. Mit zittriger Stimme ergänzt sie »Wir werden es vermutlich nie genau herausfinden können. Ich möchte nur, dass du weißt, dass er viel von dir gehalten hat und immer an dich geglaubt hat. Er hat die Zeit mit dir sehr genossen und etwas Besonderes in dir gesehen. Das hat er einige Male vor allem in den letzten

Wochen betont.«
Peter und Margarethe brechen zeitgleich in Tränen aus. Er befürchtete zwar schon, dass es ein Freitod gewesen sein könnte, dennoch ist er schockiert. Es fühlt sich eben doch anders an, wenn man es erzählt bekommt, als wenn man nur selbst diesen Gedanken hat.
»Stefan hatte immer Verständnis für mich und wusste, wie er mich zum Lachen bringen konnte. Er war nicht nur ein Onkel, sondern auch ein Freund und eine Art Vaterersatz, zugleich für mich.«
Eine große unangenehme Stille macht sich breit, selbst der Fernseher scheint leiser zu sein. Peter kann den eiskalten Blick seines Vaters regelrecht spüren und traut sich nicht, zu ihm hinüberzuschauen. Er hat sich mit dieser Aussage sehr weit aus dem Fenster gelehnt und hofft, keinen Streit vom Zaun gebrochen zu haben. Mit gesenktem Kopf fixiert Peter seine Linsen auf den Teller und rümpft dabei die Nase. Er bemerkt nicht, wie Margarethe Ivan mit einem Kopfschütteln zu verstehen gibt, dass er darüber hinwegsehen soll. Widerwillig akzeptiert er die Bitte und wendet sich wieder dem Fernseher zu.
»Möchtest du noch ein wenig Karten spielen?« Margarethe versucht die Atmosphäre wieder etwas zu heben.
Peter blockt jedoch sofort ab und macht ihr unmissverständlich klar, dass er lieber auf sein Zimmer gehen möchte.
»In Ordnung, aber schau nicht wieder zu lange fern. Denk daran, dass wir uns um 10 Uhr mit dem Pfarrer am

Friedhof treffen. Ich möchte, dass du pünktlich um 9 Uhr aufstehst!«, sagt sie wohlwissend, dass er in der Früh nicht in die Gänge kommt.
Auch diesen Kommentar bewertet Peter nicht als Angriff ihm gegenüber. Er kennt es nicht anders und hinterfragt die Situation erst gar nicht. Natürlich ist ihm klar, dass er kein Kind mehr ist und selbst entscheiden kann, wann er schlafen geht.
Peter liegt wie versteinert im Bett und starrt dabei an die Decke. Er überlegt, ob ihn sein Unterbewusstsein dazu brachte, die vorherige Aussage über Onkel Stefan bezüglich der Vaterfigur zu machen. Es kam einfach aus ihm heraus. Die Wahrscheinlichkeit, dass Ivan daraufhin morgen den Volvo reparieren wird, ist damit gegen null gegangen. Der Gedanke daran lässt Peters Unruhe spürbar senken. Dennoch fühlt er sich gezwungen, die Leiche unter allen Umständen heute zu beseitigen. Sein Problem besteht nicht nur darin, dass er keinen durchführbaren Plan hat, sondern auch, dass er immer wieder von einem Sekundenschlaf übermannt wird. Peter verbraucht mehr Zeit und Energie, sich wach zu halten, als sich mit dem Verschwinden von Frau Hofbauer zu beschäftigen. Dennoch findet er genau in so einem Moment, als es ihn aus dem Halbschlaf reißt, die Lösung. Sie ist nicht perfekt, aber seiner Meinung nach bei weitem das Beste, das ihm bisher eingefallen ist. Peter springt gehetzt aus dem Bett und steht vollgepumpt mit Adrenalin vor dem Spiegel. Er rümpft die Nase, zieht sich so schnell er kann an, um dann die Türe seines Zimmers so leise wie möglich zu öffnen. Im Haus ist es totenstill,

seine Eltern schlafen anscheinend und das soll auch so bleiben. Er hält inne, atmet tief durch und blickt auf die Uhr, welche kurz vor Mitternacht anzeigt. Peter schleicht etwas tapsig auf dem knarrenden Boden die Stiegen in das Wohnzimmer hinab. Auf den Zehenspitzen tastet er sich im Dunkeln Richtung Abstellkammer vor, um noch eine Taschenlampe mitzunehmen. Beim Schließen der quietschenden Haustüre verzieht er die Mundwinkel, die sich kurz darauf in ein schelmisches Grinsen verformen. Auf dem Weg zu seinem Auto überkommt ihn eine Welle der Euphorie. Er würde am liebsten vor Freude und Erleichterung über seinen gelungenen Ausbruch laut schreien. Peter kann sich nicht erinnern, wann er das letzte Mal einen solch positiven Gefühlsausbruch hatte. Es ist auch diesem zuzuschreiben, dass er trotz seines leichten Übergewichtes und seiner totalen Unsportlichkeit in einem mehr als beachtliches Tempo zu seinem Auto sprintet. Am Ziel angekommen geht Peter noch eine Kontrollrunde. Dabei bleibt er kurz beim Kofferraum stehen und überlegt, ob er einen Blick hineinwerfen soll. Allerdings ist ihm das Risiko gesehen oder gehört zu werden, zu hoch. In einem gemäßigten Tempo fährt er den Berg weiter hinauf, an der Straße seiner Eltern vorbei. Er würde liebend gerne das Gaspedal durchdrücken, doch er kann sich in Zaum halten und schafft es den Fehler von heute früh nicht zu wiederholen. Nach einigen Hundert Metern und zwei Serpentinen später hält er das Auto neben einem Wanderweg an und dreht das Licht des alten Volvos ab. Er schnappt sich die Taschenlampe und drückt die

Fahrertür leise in das Schloss.
»Das ist es.«, flüstert Peter, während er auf die linke Seite der kleinen Holzscheune, welche nach vorne hin offen ist, leuchtet. Sie dient lediglich zur Aufbewahrung von Hackschnitzel, in denen Peter die Leiche vergraben möchte. Solange sich Peter zurückerinnern kann, war das vielseitig einsetzbare Material nie komplett verbraucht worden und es war stets eine gewisse Restmenge vorhanden.
»Wenn überhaupt findet man sie dort erst nach Jahren.«, murmelt er vor sich hin.
Allein die Tatsache, dass er mit der Gegend vertraut ist, gibt ihm das Gefühl, Kontrolle über die Situation zu haben.
Peter leuchtet den sowohl etwa fünf Meter langen als auch breiten und etwa zweiendhalb Meter hohen offenen Teil sorgfältig aus, um sich eine Strategie zurechtzulegen. Für einen Moment ist er sich nicht sicher, wie und ob er die Leiche den Berg voller Holzschnitzel hinauf zerren und vergraben kann.
Als er den Entschluss gefasst hat loszulegen, arbeitet er wie in Trance. Peter öffnet mit einer Selbstverständlichkeit den Kofferraum, ohne vorher wie sonst minutenlang die Umgebung nach anderen Menschen zu überprüfen. Auch die Mechanik des Kofferraumschlosses öffnet wie am ersten Tag. Peter greift der Leiche beherzt, ohne zu zögern unter die Arme und zieht sie energisch aus dem Auto hinaus. Die paar Meter auf dem Weg zu der Scheune hinüber lässt er die Beine von Frau Hofbauer auf dem Boden nachschleifen.

Seine anfängliche Zielstrebigkeit löst sich jedoch abrupt, als er vor dem Hackschnitzelberg steht. Ihm graust plötzlich fürchterlich davor, einen kalten und leblosen Körper zu berühren, obwohl er dies noch vor wenigen Sekunden mit Bravour gemeistert hat. Erst jetzt wird ihm bewusst, dass die Totenstarre eingesetzt hat und sie sich ganz anders anfühlt als noch in der Früh, als er sie im Wald anfasste. Zu Beginn versucht Peter sie nur an der Kleidung den Berg hinauf zu zerren, was nicht besonders von Erfolg gekrönt ist. Um sich in der Dunkelheit einen Überblick zu verschaffen, leuchtet Peter kurz mit der Taschenlampe umher. Mit der richtigen Technik hat er die etwa 50 Kilo schwere Leiche schließlich in wenigen Minuten den Berg hinauf und nach hinten an die Wand der Scheune gezogen. Um sicherzugehen, dass sie niemand so schnell finden wird, gräbt er mühselig etwa einen Meter hinunter und schüttet den Leichnam mit den Hackschnitzeln wieder zu. Etwas schusselig rutscht Peter hinunter und bemerkt zugleich, dass er die Taschenlampe nicht mehr bei sich hat. Leise, aber temperamentvoll vor sich hin fluchend klettert er wieder hinauf und tastet dabei jeden Zentimeter ab. Widerwillig bohrt er immer wieder seine Hände an jener Stelle, an der er die Leiche vergraben hat, hinunter. Im Glauben die Lampe gefunden zu haben, zieht er erleichtert das Gegengewicht in die Höhe, um danach wieder zu fluchen. Diesmal allerdings wesentlich lauter als zuvor. Peter hat lediglich den Schuh der alten Dame in der Hand. Einige Minuten später gibt er resignierend auf. Es macht keinen Sinn, weiter im Dunkeln nach der sprichwörtlichen Nadel im Heuhaufen zu suchen. Genervt stellt er sich etwas abseits an den Waldrand und zieht sich hastig bis auf die Unterwäsche aus, um die restlichen Holzschnitzel und gröberen Späne, die sich auf seinem Gewand verfangen haben, auszuschütteln. Sogar in seinen Haaren sind welche hängen geblieben. Nach der Prozedur öffnet er schnurstracks den Kofferraum, der wieder hakt, um nach Rückständen wie Haare oder Blut zu suchen. Trotz der schwachen Kofferraumbeleuchtung sticht ihm sofort ein Fleck von etwa drei Zentimeter Durchmesser auf dem Teppich ins Auge. Es besteht kein Zweifel daran, dass es sich um das Blut von Frau Hofbauer handelt. Peter beginnt daran so fest zu rubbeln, dass ihm die Fingerkuppen zu brennen beginnen. Sein zweiter Versuch mit etwas Spucke bringt ebenfalls keine Veränderung.

Verdammt!
Was mache ich, wenn auf dem Gehsteig vor der Wohnanlage auch ein Blutfleck ist?

Die Tatsache, dass er dies erst morgen inspizieren kann, bereitet ihm beinahe eine Panikattacke. Sein ohnehin hoher Puls beschleunigt sich noch einmal immens. Ihm rinnen die Schweißtropfen unter den Achseln, den Körper hinunter. Peter taumelt wie ein angeschlagener Boxer hin und her und muss sich schlussendlich auf die Ladekante des Autos setzen, um nicht das Gleichgewicht zu verlieren. Er schließt die Augen, atmet einige Male tief ein und wieder aus, so wie er es damals in der Therapie gelernt hat. Nach etwa drei Minuten hat er sich wieder einigermaßen im Griff und beschließt morgen, noch vor dem Begräbnis, das Auto zu reinigen. Vorerst legt er die Decke, mit welcher er Frau Hofbauer zugedeckt hat und die er ebenfalls sicherheitshalber noch entsorgen will, über den Blutfleck. Peter lässt das Auto beinahe ausschließlich im Leerlauf, um so wenig Lärm wie möglich zu erzeugen, den Berg hinunterrollen und stellt es punktgenau an jener Stelle ab, wo er zuvor gestanden hat. Er schleicht sich unbemerkt ins Haus zurück und lässt sich in sein Bett fallen. Jetzt, wo die Anspannung abfällt, spürt er die enorme Erschöpfung. Er fühlt sich ausgelaugt wie nie zuvor. Dennoch fällt es ihm schwer einzuschlafen, sein schlechtes Gewissen meldet sich zurück.

Es tut mir so leid! Ich würde alles dafür geben, es rückgängig machen zu können. Obwohl ich bereits seit drei Jahren in Frankenfels wohne, habe ich nur einmal kurz mit ihr gesprochen. Das muss letzten Sommer etwa um diese Zeit gewesen sein. Sie war nicht unbedingt freundlich zu mir, eigentlich sogar recht bösartig, wenn ich genauer darüber nachdenke. Trotzdem hat sie das natürlich bei Weitem nicht verdient und ihre Angehörigen schon gar nicht. Ich weiß nicht einmal, ob sie überhaupt noch Verwandte hat. So wie ich das mitbekommen habe, war sie sehr oft allein und hat nur mit anderen aus der Ortschaft beim Bäcker gesprochen. Falls es noch jemanden gibt, müssen sie nur allein wegen mir unendlich viel Leid ertragen. Dazu kommt noch die ewige Ungewissheit, weil sie hoffentlich nie erfahren werden, was mit ihr passiert ist und wo sie ist.

Das Versteck ist doch gut genug, oder?

Vielleicht sollte ich sie doch wo anders hinbringen? Das muss nicht unbedingt morgen sein, aber nächste Woche oder so? Ich weiß nämlich nicht, ob der Geruch, der sich entwickeln wird, durch das Holz verdeckt bleibt. Typisch! An das habe ich natürlich nicht gedacht. Da wäre der Stausee doch besser gewesen.

Übrigens, wenn sie im Kofferraum geblutet hat, dann würde das doch bedeuten, dass sie noch gelebt hat und nicht auf der Stelle tot war! Anscheinend war sie nur bewusstlos. Aber ich habe doch ihren Puls kontrolliert!

Vielleicht war es da aber schon zu spät? Dann ist sie vermutlich auf dem Weg zum Wald verstorben.

Hätte sie überlebt, wenn ich die Rettung sofort gerufen hätte?

Verdammt, was habe ich nur getan?!

Wie soll ich jemals mit diesen Schuldgefühlen klarkommen?

Ob es jemals besser wird?

Es muss einfach so sein.

3 – Der Anruf

Gustav kratzt sich verärgert an seinem großen Leberfleck auf der Stirn. Er sitzt wieder einmal beim Kartenpoker in Excalibur City. Seit einigen Monaten nimmt er die gut einstündige Autofahrt von St. Pölten auf sich, um seinem Hobby, wie er es nennt, nachgehen zu können. In den österreichischen Casinos hat er aufgrund seiner Wutausbrüche lebenslang Hausverbot bekommen. Anfänglich spielte er stattdessen in verruchten Lokalen mit zwielichtigen Personen. Das ging allerdings nur so lange gut, bis er seine Spielschulden nicht mehr bezahlen konnte. Infolgedessen ließ sich seine Frau vor etwa drei Jahren von ihm scheiden. Damit, dass er hin und wieder zu viel trank, konnte sie noch halbwegs leben, auch seine cholerischen Anfälle nahm sie hin, aber als sie vor ihrem Haus aufgrund seiner Spielschulden von zwei Männern bedroht wurde, zog sie konsequent die Reißleine und verließ ihn noch am selben Tag. Wenige Tage nachdem Irene ausgezogen war, wandelte sich Gustav um 180 Grad. Ihm war bewusstgeworden, dass sich sein Verhalten nicht mit einer gut funktionierenden Beziehung vereinbaren lässt. Er trank und spielte nicht mehr, sein Auftreten war stets gepflegt. Gustav war lange voller Hoffnung, dass er mit seinem Charme und Humor, den er zweifellos besitzt, Irene wieder zurückerobern kann. Er ließ ihr ab und zu einen riesigen Strauß Blumen in die Arbeit schicken, fuhr zu ihrer neuen Wohnung, um sie spontan zum Essen auszuführen, was jedoch erfolglos blieb. Gustav wollte nicht wahrhaben, was er insgeheim wusste, dass es schon lange zu spät war. Irene wollte und konnte mit diesem Menschen kein Wort mehr wechseln, ohne Wut und Hass zu verspüren. Sie schaffte es jedoch nicht, ihm diese Tatsache beinhart ins Gesicht zu sagen. Erst nach Monaten gab er schließlich auf und der Kontakt zwischen den beiden verlief sich. In weiterer Folge lebte Gustav ohne einen Lebenssinn in den Tag hinein, blieb aber dennoch trocken und hielt sich von jeglicher Art Glücksspielen fern. Sein Tagesablauf war stets der Gleiche. In der Früh ging er in die Arbeit und blieb, um sich abzulenken, bis zum Schluss. Er genießt es, mit Anzug und Krawatte im Autohaus umher zu stolzieren und den Kunden das teurere Modell und eine Sonderausstattung nach der anderen schmackhaft zu machen. Am späten Abend holte ihn die Realität ein. Er lag einsam auf der Couch und stopfte Fastfood vor dem Fernseher in sich hinein.

Als er Irene vor etwa einem Jahr zufällig mit ihrem neuen Freund über den Weg lief, brach für ihn eine Welt zusammen. Es war ihm zwar bewusst, dass sie nie wieder eine Beziehung zueinander haben werden, doch sie mit jemand anderen zu sehen, verkraftete Gustav nicht. Es fühlte sich an, als würde ihm jemand ein Messer brutal in sein Herz rammen. Er war so perplex und überwältigt, dass er Irene nur anstarren konnte, ohne ein Wort herauszubringen. Ihm wurde der Boden unter den Füßen weggezogen und er befand sich im freien Fall. Gustav hatte die Trennung nie richtig verarbeiten und zu einer anderen Frau eine Bindung aufbauen können. Dieser Tag brachte eine Kehrtwende in sein Leben. Noch am selben Abend griff er wieder zum Alkohol. Er hatte selbst keine Kontrolle mehr über sich und auch keine Frau, die ihm Grenzen aufzeigt und ihn zu Recht weist, wenn er es mal wieder übertreibt. Sein Lebenswandel wirkte sich nach und nach aus. Gustav verfiel in sein altes Muster. Er trank täglich große Mengen Alkohol, überwiegend Gin-Tonic und spielte wieder in den Lokalen, denen eine enge Verbindung zur serbischen Mafia nachgesagt wird. Man kann Gustav durchaus als Adrenalinjunkie beschreiben. Manche Menschen gehen Fallschirmspringen und er fühlt sich in anderen gefährlichen Situationen lebendig. Es kam gelegentlich vor, dass er mit einem blauen Auge, geprellten Rippen oder einem gebrochenen Finger in der Arbeit erschien, weil er seine Schulden nicht pünktlich bezahlte oder er in Rage geraten war. Erst als ihm sein Chef nach mehrmaliger Ermahnung mit der Entlassung drohte, ging ihm ein Licht auf. Gustav realisierte, wie weit er wieder abgerutscht war und vermied jeglichen Kontakt zu den Leuten, mit denen er zuvor gespielt hatte. So ganz konnte er sich seiner Spielsucht, die er bis heute bestreitet, jedoch nicht entziehen.

Gustav war bereits seit gestern Samstagabend, hier in Tschechien und hat seinen Einsatz verdreifacht. Daher brach er ausnahmsweise seine eigene Regel, nur einen Tag am Wochenende zu spielen. Er möchte seine Glückssträhne so gut als möglich ausnützen, doch bisher scheint sein Plan nicht aufzugehen. Der Gewinn von gestern und sogar etwas mehr ist bereits in den Taschen der anderen gewandert. Mit jedem Blatt, das er verliert, kippt seine Stimmung weiter in Richtung Aggressivität. Das bleibt auch seinen Gegenspielern nicht verborgen. Dementsprechend passen sie ihre Spielweise an und Gustav ist, ohne es zu merken, ein gefundenes Fressen. Er ist in solchen Situationen blind vor Emotionen. Ein Bekannter machte ihn vor einiger Zeit auf diese Schwäche aufmerksam, Gustav reagierte jedoch äußerst empört, anstatt dankbar darüber zu sein. Er kann mit Kritik nicht umgehen und möchte immer recht behalten. Psychologisch erschwerend kommt am heutigen Abend hinzu, dass er sich knapp 5.000 Euro aus der Firmenkasse »ausgeliehen« hat. Das ist bereits sein viertes Mal, obwohl er genau weiß, dass der Verdacht sofort auf ihn fallen wird, da er als Spieler bekannt ist. Den Gedanken, Geld aus der Kasse zu nehmen, hatte er schon länger, doch es dauerte Wochen, bis er diesen Schritt zum ersten Mal wagte. Mittlerweile ist er darin routiniert geworden und nimmt das Geld, ohne ein schlechtes Gewissen zu haben. Nach weiteren bitteren Verlusten scheint sich das Glück zu wenden. Er hält zwei Asse in der Hand. Das beste Pokerblatt, welches man vor den Setzrunden haben kann. Dementsprechend spielt Gustav einen hohen Betrag und in den weiteren Setzrunden sein restliches verbliebenes Geld. Gegen jede Erwartung verliert er dennoch mit viel Pech und kann seinen grenzenlosen Jähzorn nicht mehr verbergen. Gustav rastet völlig aus, er schüttet seinem unschuldigen Gegenspieler den restlichen Gin-Tonic in sein Gesicht und beschimpft ihn auf das Übelste, was dieser nicht auf sich sitzen lässt. Nur den zwei Männern

der Security ist es zu verdanken, dass es nicht in eine Handgreiflichkeit ausartet. Gustav wird von den beiden großgewachsenen, muskulösen Männern äußerst ruppig aus dem Casino geworfen.
Im Auto öffnet er frustriert das Handschuhfach, nimmt seinen 50 Euro Notfallschein heraus und kratzt sich wieder auf seinem Leberfleck, der ihn besonders juckt, wenn er starken Gefühlen ausgesetzt ist. Gustav streicht einige Male mit seinen rechten Fingerspitzen über den Geldschein, der in seiner linken Handfläche liegt, und grübelt darüber nach, ob er damit zu einer Prostituierten gehen oder sein Glück in einem anderen Casino nahe dem Grenzübergang suchen soll. Nach kurzer Überlegung entscheidet er sich für das Casino.
Aufgeregt und motiviert schiebt er den 50 Euro Schein in den einarmigen Banditen. Wenn er die Nacht durchmacht, bleiben ihm noch etwa zwölf Stunden, bis er das Geld beschaffen und in die Arbeit fahren muss. Er stellt sich die Anzahl der Linien und den Einsatz ein, als sein Handy klingelt. Für gewöhnlich lässt er es immer bis kurz bevor die Mailbox angeht, klingeln. Einerseits mag er seinen Klingelton, Welcome to the jungle von Guns N´Roses, andererseits möchte er wichtig erscheinen, in dem er andere Menschen gerne warten lässt. Dieses Mal hebt er jedoch sofort genervt ab, ohne zu schauen, wer ihn anruft.
»Es ist gerade sehr ungünstig!«
Nach wenigen Sekunden hat sein Gesicht deutlich an Farbe verloren.
»Was heißt, sie ist verschwunden? Seit wann?«

Gustav hört angespannt der anderen Stimme zu, die er schon länger nicht mehr gehört hat, aber ihm in Erinnerung geblieben ist.

»Das klingt sehr untypisch. Ich werde morgen sofort nach der Arbeit zu ihr in die Wohnung fahren. Kannst du dich bitte bis dahin noch umhören? Vielleicht weiß jemand anderes, wo sie ist.«

Nach dem Telefonat starrt Gustav noch einige Zeit gedankenverloren auf dem einarmigen Banditen, ehe er sein restliches Geld verzockt.

4 – Die Beerdigung

Margarethe klopft zum wiederholten Male an die Zimmertür von Peter, der schlummert jedoch noch immer tief und fest. Sie probiert es etwas energischer, sodass sie einen leichten Schmerz auf ihren zarten Fingerknöchlein verspürt. Peter reißt es schlussendlich aus dem Schlaf und springt reflexartig aus dem Bett heraus. Verwirrt tappt er hin und her, dreht sich im Kreis, sein Blick wandert im Zimmer umher. Peter braucht einige Sekunden, bis er realisiert, wo er sich überhaupt befindet, dass heute das Begräbnis von seinem Onkel Stefan ist und noch viel wichtiger, er erinnert sich an gestern. Sofort fällt ihm der Blutfleck in seinem Auto ein und dass er diesen noch vor dem Begräbnis entfernen wollte. Peter flucht. »Verdammt, ich habe verschlafen!«

»Das ist wieder einmal typisch. Machst du dich dann bitte fertig. Beeile dich, es ist schon halb zehn. Wir müssen noch vor der Beerdigung mit dem Pfarrer sprechen!«, ruft seine Mutter mit scharfem Ton durch die zugemachte Tür.

»Ja, Mama.«, erwidert Peter mit einer gekünstelt hohen Stimme.

Sein explosiver Energieschub ist vorüber. Peter fühlt sich leer und antriebslos. Als er sich daran erinnert, was er geträumt hat, überkommt ihn ein leichter Schwindel, sodass er sich wieder in sein Bett fallen lassen muss. In dieser Nacht hatte er wieder diese Albträume. Jene, die er früher öfters hatte und die, die ihn den ganzen Tag nicht mehr loslassen. Peter schüttelt den Kopf, als würde er die lästigen Gedanken aus seinem Hirn hinaus schleudern wollen. Langsam erhebt er sich von seiner Matratze, um den schwarzen Anzug vom Kleiderhaken zu nehmen, den seine Mutter am Vortag hergerichtet hat und zieht sich ihn in Zeitlupentempo an. Peter sieht mitgenommen aus. Er blickt in den Spiegel, setzt sich seine Brille auf, richtet seine dunkelbraunen Haare zu einem halbwegs gutaussehenden Seitenscheitel und bemerkt dabei, dass er an den Händen leichte Abschürfungen vom Klettern und Graben in der Scheune hat.

Das darf doch alles nicht wahr sein!
Was mache ich jetzt nur?
Ich kann mich doch schlecht die nächsten Tage verstecken oder Handschuhe im Hochsommer tragen!
Was sage ich, wenn mich Mum darauf anspricht?
Ich könnte ihr weiß machen, dass ich das von der Arbeit habe.
Aber das wird sie mir nie glauben, das wäre ihr doch längst aufgefallen.
Egal, mir bleibt nichts anderes über. Sie ruft schon wieder nach mir. Ich muss jetzt hinuntergehen.

Peter geht mit leerem Blick die Stufen Richtung Küche hinunter. Margarethe huscht hektisch mit ihrer roten Kochschürze hin und her. Sie nimmt einen Teller, legt in Windeseile ein Wurstbrot darauf und stellt ihn auf den Tisch.
»Setz dich und iss schnell dein Frühstück. Ich gehe mich

umziehen und dann müssen wir gleich los!«, sagt sie kompromisslos.
Ehe Peter sich großartig in seine Gedanken vertiefen und sein Brot essen kann, ist Margarethe auch schon wieder zurück.
Obwohl es keine fünf Minuten zu Fuß zu gehen sind, ist die Stille für Margarethe in diesem Moment unerträglich. Die Sonne brennt jetzt schon mit jeder Menge Kraft auf den Asphalt. Es soll einer der heißesten Julitage seit Beginn der Wetteraufzeichnungen werden.
»Falls du dich fragst, warum der Papa nicht mitgeht. Der kommt gleich nach. Er trödelt wie immer herum. Das hast du eindeutig von ihm.«
»Das wäre mir jetzt gar nicht aufgefallen, dass er gar nicht da ist.«, sagt Peter belanglos, ohne dabei seinen Blick vom Boden zu erheben.
Wenige Minuten vor zehn Uhr sind sie am Tor des Friedhofs angekommen. Es ist weit und breit kein Mensch zu sehen. Sogar an einem Montag ist es hier manchmal wie ausgestorben. Margarethe blickt nervös auf die Uhr.
»Ach, das gibt es doch nicht. Wo ist denn der Pfarrer?«
Peter hat den Wink verstanden und nimmt sich der Sache an. Er begibt sich auf die Suche und findet ihn schließlich ums Eck hinter der Busstation mit einer Zigarette in der Hand. Der Pfarrer erschreckt wie ein Jugendlicher, der zum ersten Mal von seinen Eltern beim Rauchen erwischt wird, als Peter vor ihm steht, und schnippt die Zigarette reflexartig weg.
»Hallo Peter, seid ihr schon da? Sehr pünktlich, ich bin

schon bei euch.«, sagt er etwas verlegen, während er den Arm um Peters Schultern legt und sie zu Margarethe gehen.
»Da sind Sie ja.«, sprudelt es aus ihr heraus.
Der Pfarrer umarmt Margarethe und spricht ihr sein Beileid aus. Danach gehen die drei in sein Büro, um noch die letzten Details bezüglich der Zeremonie und der Rede zu klären. Der Pfarrer Hans, ist erst seit letztem Jahr in der Gemeinde tätig. Ursprünglich kommt er aus Tirol, was man sofort an seinem Dialekt erkennen kann. Peter fragt sich, ob er wohl auch mit Vorurteilen der Einheimischen zu kämpfen hat.

Ich denke nicht, dass ihn die Leute so wie mich meiden werden. Da hat man es als Geistlicher sicherlich einfacher. Ab und zu habe ich sogar das Gefühl, dass mich die Menschen in Frankenfels hassen, nur weil ich aus einem anderen Bundesland komme.
Es wäre nicht auszudenken, wenn jemand aus dem Dorf draufkommen würde, dass ich den Tod der Frau Hofbauer verschuldet habe, bevor es die Polizei tut. Da könnte sich eine richtige Hetzjagd entwickeln.

Allmählich treffen die ersten Gäste und auch Ivan ein. Es wird ein Begräbnis in einem eher kleineren Kreis bleiben. Abgesehen von den Verwandten Margarethe, Peter und Ivan sind einige Nachbarn, ein paar Arbeitskollegen inklusive seines Chefs und zwei Freunde anwesend. Der Leichenschmaus findet anschließend in geschlossener Gesellschaft in dem Wirtshaus, in welchem Stefan zuletzt

als Kellner gearbeitet hat, statt. Es ist bereits wenige Minuten vor elf Uhr. Die Gäste haben sich im Kondolenzbuch eingetragen und in der Kirche Platz genommen. Nur eine ältere Dame, welche Peter nicht zuordnen kann, steht noch vor dem Sarg und spricht inbrünstig ihre Gebete. Der Sarg selbst ist mit zahlreichen Kränzen und Bouquets überwiegend in orange, grün und weiß geschmückt. Direkt daneben steht auf einem Ständer ein großes Foto von Stefan. Er sieht darauf sehr glücklich aus. Peter grübelt darüber nach, wann dieses Foto entstanden ist. Es muss schon ein paar Jahre her sein. Er wirkt frisch und voller Energie, sein Haaransatz war etliche Zentimeter weiter vorne. Peter erinnert sich zurück, als er noch in Bad Eisenkappel wohnte, speziell an die Phase, als er mit Stefan beinahe jeden Tag etwas unternahm. Stefan gab Peter stets Halt und Sicherheit, umgekehrt war es wohl ähnlich. Peter hatte eine beruhigende Art auf Stefan, die ihn zufriedener und glückseliger werden ließ.
»Steh jetzt auf, Peter!«, ermahnt ihn seine Mutter in einem flüsternden Ton und zerrt ihn mit aller Kraft unter dem Arm in die Höhe. Er war derart in den Gedanken vertieft, dass er die Rede vom Pfarrer gar nicht mitbekam. Unauffällig blickt er auf seine Uhr.

Das war wahrlich keine lange Ansprache, ganz nach Stefans Geschmack.

Mit langsamen und kleinen Schritten gehen Peter und Margarethe Arm in Arm hinter den Sargträgern aus der kleinen Kirche heraus, während die Sonne weiter erbarmungslos hinunter brennt. Dahinter folgen seine zwei Freunde, die Kollegen und danach die Nachbarn. Ivan trottet als Letzter hinterher, was seiner Frau sehr missfällt. Sie kränkt sich wieder vermehrt in den letzten Tagen über sein teilnahmsloses verhalten.

Stefans Grab ist keine 20 Meter von der Kirche entfernt. Es ist ein recht überschaubarer und gepflegter Friedhof, der durch seine idyllische Umgebung etwas Sanftmütiges ausstrahlt. Er liegt an einem Hang, umgeben von einem Nadelbaumwald, dessen Duft man speziell in den frühen Morgenstunden sehr gut wahrnehmen kann.

Nach einer kurzen Rede von Hans über die letzten Jahre Stefans, lassen die Sargträger den Sarg gleichmäßig in die Grube hinuntergleiten. Nahezu alle haben bei diesem symbolischen letzten Abschied Tränen in den Augen. Sogar Ivan ist offensichtlich gerührt. Margarethe weint ohnehin beinahe durchgehend, seitdem sie aufgestanden ist, was es wiederum für Peter noch schwieriger gestaltet seine Tränen zu verbergen. Aufgrund seiner Erfahrungen versucht er so wenige Gefühle wie möglich nach außen hin zu zeigen, auch wenn ihm dies nicht immer gelingt.

Nacheinander wirft jeder eine Rose in das Grab hinunter, dabei verweilen die meisten noch einige Sekunden, um in Gedanken zu beten, oder sich ein paar Abschiedsworte denken. Es war für örtliche Verhältnisse eine sehr schlichte und kurz Beerdigung. Stefan hätte es auch nicht anders gewollt. Er war kein besonders christlicher Mensch und konnte sich mit dem Gedanken, dass es einen allmächtigen Gott geben soll, nie anfreunden. Bis auf seine Schwester und seinen Neffen wusste das niemand. Stefan hielt sich, so gut es ging, bei diesem Thema neutral. Er wollte keine unnötigen Diskussionen führen, die seiner Meinung nach sinnlos sind und niemandem etwas bringen. Stefan war jedoch auch nicht frei von Vorurteilen. Er hatte die Einstellung, dass die meisten Menschen auf dem Land sowieso kein Verständnis dafür haben und nicht offen gegenüber solchen Ansichten sind, da bei ihnen der Glaube von klein auf aufgezwungen und dieser nicht mehr durch selbstständiges Denken hinterfragt wird. Stefan war nicht nur ein sehr belesener und humorvoller, sondern auch ein äußerst kritischer, nachdenklicher und zynischer Mensch.

Im Gasthaus »Zum wilden Bären« hebt sich langsam, aber sicher wieder die bedrückte Stimmung. Bei einem Wiener Schnitzel mit Pommes frites erzählt jeder eine besonders lustige oder interessante Anekdote über Stefan. Auch Peter hat eine Geschichte auf Lager. Er berichtet voller Begeisterung von jenem Tag, an dem sie im Wald mit selbst gemachtem Pfeil und Bogen Indianer spielten.

»Wir rannten stundenlang umher, immer tiefer in den Wald hinein, sodass sogar Stefan seinen Orientierungssinn verlor. Es kam, wie es kommen musste, die Sonne ging langsam unter und die Chance, wieder nach Hause zu finden, schwand mit jeder Minute. Wie ich schon erwähnte, ich war damals sieben Jahre alt und hatte irrsinnige Angst davor, im Wald übernachten zu müssen. Stefan versuchte mich seelisch darauf vorzubereiten, während wir nach einem geeigneten Unterschlupf suchten. Er gab mir das letzte Essen und Trinken aus seinem Rucksack und beruhigte mich, in dem er mir versprach, diese Nacht heil zu überstehen und morgen in der Früh nach Hause zu kommen. Ich weiß bis heute nicht, ob er Angst hatte. Ich weiß nur, dass er mir die nötige Sicherheit und Hoffnung gab und dass er sein Versprechen gehalten hat.« Peter blickt in die Runde und sieht nickende Köpfe.

»Danke Peter, ich denke, dieses Erlebnis beschreibt sehr gut, welch toller Mensch Stefan gewesen ist.«, ergänzt der Pfarrer, der Stefan selbst nur vom Grüßen her kannte.

Kurz nachdem Peter mit seiner Erzählung fertig war, musste er unweigerlich an Frau Hofbauer denken.

Vermisst oder sucht sie jemand?
Was passiert momentan in Frankenfels?
Läuft alles wie immer seinen gewohnten Weg?
Gibt es bereits einen Verdacht?

Die Ungewissheit darüber schnürt ihm die Kehle zu. Peter ringt offensichtlich nach Luft und erntet fragende Blicke der anderen. Panisch springt er von seinem Sessel auf, um auf die Toilette zu stürmen. Peter spritzt sich kaltes Wasser in sein Gesicht und schaut sich dabei in den Spiegel. Er atmet einige Male kräftig durch und beschließt so schnell als möglich nach Hause zu fahren. Beim Tisch angekommen fragt ihn seine Mutter, ob alles in Ordnung ist. Danach wird es totenstill im Raum und alle Gäste warten gespannt auf seine Antwort.

»Ja natürlich.«, sagt Peter selbstverständlich heraus, als wäre zuerst nichts gewesen.
In weiterer Folge nehmen die Gespräche wieder Fahrt auf. Peter wartet auf einen besonders lauten Moment, um sich zu seiner Mutter hinüberzubeugen und ihr leise in ihr Ohr zu flüstern, das er zuerst gelogen hat. Er wollte nicht, dass die anderen wissen, dass es ihm nicht gut geht und möchte sofort nach Hause fahren.
»Dann ist es doch besser, wenn du hier bei uns im Haus bleibst und dich noch bis morgen erholst.«, entgegnet ihm Margarethe.
Mit diesem Argument hat Peter nicht gerechnet. Er sah sich schon im Auto auf dem Heimweg sitzen. Peter kann dem Dackelblick seiner Mutter nicht standhalten. »Ist in Ordnung, danke Mama«, sagt er in einem genervten Ton, den Margarethe nicht ganz nachvollziehen kann.
Um noch einen drauf zu setzen, überredet sie ihn sogar noch etwas im Lokal zu bleiben, weil die Gäste ohnehin nur mehr austrinken und dann gehen werden.

Das war wohl nichts.
Eines ist mir jedoch klar. Bis morgen kann ich auf gar keinen Fall warten.
Andererseits braucht mich meine Mutter momentan mehr denn je und ich kann sie jetzt nicht im Stich lassen.

Peter fühlt sich elendig und kann absolut nichts daran ändern. Bevor ihn diese Zwickmühle innerlich zerreißt, zwingt er sich dazu, um auf andere Gedanken zu

kommen, wieder vermehrt an der Tischkonversation teilzunehmen. Er hat noch die eine oder andere kurze Geschichte über Stefan parat. Der ansonsten schüchterne und introvertierte Peter taut bei den Erinnerungen an Stefan auf. Er erzählt mit einer Freude und Hingabe, bei der jeder am Tisch merkt, dass Stefan für Peter ein besonderer Mensch gewesen sein muss.
Mittlerweile ist es kurz vor 18 Uhr und die Gäste machen sich langsam auf den Weg. Margarethe bedankt sich noch einmal herzlich bei Thomas dem Chef, für das gute Essen und die Einladung.
Auf dem Heimweg gehen Margarethe, Ivan und Peter beim Grab vorbei, um sich noch einmal in aller Ruhe verabschieden zu können und den Tag Revue passieren lassen. Margarethe bricht abermals in Tränen aus. Sie fühlt sich einsam. Gerade jetzt braucht sie einen Partner, der zu ihr steht, ihr Hoffnung gibt und Trost spendet. Für sie ist die Gesamtsituation sehr belastend, so sehr, dass sie zum ersten Mal ernsthaft darüber nachdenkt, Ivan zu verlassen. Margarethe hätte sich wenigstens irgendeine Art von Unterstützung von ihm erwartet. Warum sollte sie mit einem Mann zusammenbleiben, mit dem sie nicht reden kann, mit dem sie keine gemeinsamen Interessen hat, dem sie sich nicht anvertrauen kann, mit dem sie nicht gemeinsam lachen kann. Je länger sie darüber nachdenkt, desto größer wird ihre Entschlossenheit und Sehnsucht, ihr Leben wieder in die eigene Hand zu nehmen. Es ist ein schreckliches Gefühl, einen Partner an seiner Seite zu haben und sich zeitgleich einsam und allein zu fühlen.

Mit einer abwinkenden Handbewegung versucht sie ihre Gedanken wieder zu verwerfen. Peter sieht sie überrascht mit fragender Miene an. Margarethe bemerkt dies aus dem Augenwinkel, tut jedoch so, als ob sie seinen Blick nicht sieht und starrt weiterhin auf das Grab.

Im Haus angelangt sitzen sie zu dritt vor dem Fernseher, ohne ein Wort miteinander zu wechseln. Margarethe schläft während der Nachrichten erschöpft ein. Ivan verschwindet darauf hin, ohne etwas zu sagen, in den Keller und Peter sieht seine Chance gekommen, endlich nach Hause fahren zu können. Seine Mutter schläft tief und fest, er kann ihr heute nicht mehr helfen und morgen wäre er sowieso in der Früh weg gewesen. Peter geht auf Zehenspitzen in sein Zimmer hinauf, packt alles zusammen, schleicht sich wieder an seiner schlafenden Mutter vorbei und zieht sich die Schuhe an. Mit dem Türgriff in der Hand überkommt ihn abermals sein schlechtes Gewissen. Peter fühlt sich unsicher, ob es seine Mutter nicht doch kränken wird, wenn sie aufwacht und er nicht mehr da ist. Er geht zurück ins Wohnzimmer, um einen Zettel und Stift zu holen. In prägnanten Worten schreibt er, dass es ihm schon besser geht und ihm eingefallen ist, dass er morgen in der Früh wieder arbeiten gehen muss. Er hofft sie bald wieder zu sehen und dass sie ihn jederzeit anrufen kann, um zu plaudern. Natürlich war es gelogen, dass er morgen wieder Arbeiten gehen muss. Diese Notlüge dient lediglich dazu, sein Gewissen zu erleichtern.

Im Auto sitzend atmet Peter tief durch, rümpft seine Nase und startet den Motor. Dieser stottert vor sich hin, bis

Peter den Zündungsvorgang fluchend abbricht.
»Verdammt, das darf doch nicht wahr sein. Das ist wie in einem schlechten Film!«
Beim nächsten Versuch gibt der Volvo nach einer gefühlten Ewigkeit ein Lebenszeichen von sich. Erleichtert stößt Peter einen lauten Jubelschrei aus. Auf der Heimfahrt fällt es ihm mit Fortdauer der Fahrt immer schwerer, sich auf den Verkehr zu konzentrieren. Zum einen ist er körperlich aufgrund der mehr oder weniger schlaflosen Nacht am Limit, zum anderen geht es ihm psychisch so schlecht wie schon lange nicht mehr, worüber er sich in diesem Moment jedoch nicht im Klaren ist.

Ich darf nicht vergessen, den Blutfleck wegzuwischen.
Wobei wegwischen leicht gesagt ist.
Mit welchem Mittel kann ich Blut vollständig entfernen? Und zwar so, dass es nicht mehr nachweisbar ist?
Gute Frage!
Das Internet weiß darauf mit Sicherheit eine Antwort.
Ist es aber klug, danach im Internet zu suchen, wenn man gerade jemanden getötet hat?
Wenn es gegen mich zu Ermittlungen kommen sollte, wird die Polizei das vermutlich überprüfen.
Oder bin ich paranoid und habe zu viele Krimis gesehen?
In einer Bibliothek kann man sich, glaube ich, auch nicht anonym ein Buch ausleihen. Außerdem weiß ich doch gar nicht, wo eine Bibliothek sein soll.
Ein Internetkaffee wäre vielleicht die Lösung?
Mal schauen. Ich überlege mir morgen, wie ich es am besten

angehen werde. Heute ist es sowieso schon zu spät.

Kurz vor Mitternacht erreicht Peter Frankenfels.

Da ist endlich das Ortsschild.
Alles scheint ruhig zu sein.
Trotzdem beruhigt mich das nicht wirklich.
Ich werde noch etwas durch die Ortschaft fahren, ob vielleicht irgendwo etwas los ist.
Aber was nützt das schon, außer dass ich mich verrückt mache?
Ich würde ohnehin nicht zu jemanden hingehen und fragen, ob es Neuigkeiten gibt. Auffälliger geht es ja kaum.
Egal, eine kleine Runde kann nicht schaden.

Einzig in der Kantine am Fußballplatz ist noch etwas los. Peter fährt zügig daran vorbei. Er hält weder etwas von Fußball noch von den Leuten, die sich dort aufhalten und sich meist sinnlos betrinken.
Es war auch ein zusätzlicher Anreiz, durch das Dorf zu fahren, damit er den Moment hinaus zögern kann, sich mit der Unfallstelle konfrontieren zu müssen. Erspart bleibt es ihm dennoch nicht. Im Schneckentempo biegt er in die Sackgasse zu seiner Wohnung ein. Ihm stehen die Schweißperlen auf der Stirn, als er jene Stelle sieht, an der das Unglück geschehen ist. Sofort bemerkt er, dass der Gehweg nicht ausreichend beleuchtet ist, um eventuelle Spuren sehen zu können. Peter steigt aus, geht langsam auf die andere Seite des Autos, nimmt seine Tasche in die Hand und schaut währenddessen unauffällig zu jedem Fenster der Wohnanlage, ob er jemanden sieht oder ob noch ein Licht brennt. Nachdem er sich unbeobachtet

fühlt, lässt er den Autoschlüssel mit einer ungeschickten Handbewegung fallen. Danach nimmt er sein Handy, um den Boden auszuleuchten, während er in Zeitlupentempo den Schlüssel aufhebt, um dabei nach Blutflecken zu suchen. Peter kann nichts Auffälliges finden, was ihn trotzdem nicht sonderlich zufriedenstellt. Vielleicht hat er doch etwas übersehen? Er nimmt sich vor, bei Sonnenaufgang morgen in der Früh im Tageslicht noch einmal gründlich nachzuschauen. Mürrisch geht Peter in seine Wohnung hinauf, schmeißt seine Tasche in die Ecke und nimmt eine kalte Dusche, bevor er sich mit letzter Kraft in sein Bett zerrt, wo sein Verlangen nach Schlaf schnell den Kampf gegen seine unzähligen Gedanken gewinnt.

5 – Die Suche

Als Peter aufwacht, ist es bereits früher Vormittag. Er hätte sich nicht mehr umdrehen sollen, als sein Wecker um halb sechs läutete. Die letzten zwei Tage haben ihm mehr zugesetzt, als er sich es eingestehen möchte und sein Körper holt sich unweigerlich das, was er braucht. Peter gibt nicht viel auf Warnsignale wie Kopfschmerzen, leichten Schwindel und derlei Art. Er ist generell ein Meister der Verdrängung. Es wird wohl sein Schutzmechanismus sein, den er sich seit seinem zwölften Geburtstag verstärkt aufgebaut hat.

»Verdammt, ich habe verschlafen! Es ist schon hell draußen. Wie spät ist es?«, ruft er panisch durch die Wohnung, während er aus dem Bett springt und sich hastig sein Gewand anzieht. Beinahe hätte er sich in seinem Taumel den Beerdigungsanzug von gestern geschnappt. Nach getaner Notdurft knallt er die Wohnungstür zu und sprintet die zwei Stockwerke hinunter. Frühstücken? Kämmen? Zähneputzen? Fehlanzeige! Dafür hat er weder die Zeit noch Nerven. Vor der Haustür hält er trotz seiner Hektik inne und versucht sich, bevor er in der Zivilisation ankommt, mit einem heftigen Luftausstoß zu beruhigen. Er geht die paar Schritte hinüber, wo er Frau Hofbauer angefahren hat, nimmt sein Handy aus der Hosentasche und drückt darauf alibihalber wahllos herum, während er daran vorbeischaut und eifrig auf dem Boden nach Hinweisen,

die ihn belasten könnten, sucht. Er flucht leise vor sich hin, da er sich nicht zu 100 Prozent sicher ist, wo genau Frau Hofbauer mit dem Kopf aufgeprallt ist. Diese Stelle würde er am liebsten mit einer Lupe Millimeter für Millimeter untersuchen.
»Grüß Gott, Herr Dobernik!«
Peter zuckt zusammen.
»Guten Tag, Herr Müller! Jetzt haben Sie mich aber erschreckt.«, antwortet Peter verlegen.
»Suchen Sie etwas? Kann ich Ihnen behilflich sein?«
»Nein! Danke, ich habe nur einem Freund eine Sms geschrieben und auf seinen Rückruf gewartet, deswegen bin ich ungeduldig hin und her gegangen und habe dabei auf mein Handy geschaut.«, versucht er sich zu rechtfertigen.
»Na wie auch immer. Haben Sie das von der lieben Anna gehört? Die ist seit ein paar Tage abgängig. Niemand hat sie gesehen oder etwas von ihr gehört.«

Seit ein paar Tagen? Es sind zwei. Ziemlich genau 53 Stunden.

»Von wem?« Peter stellt sich ahnungslos, während ihm die Röte zu Kopfe steigt.
»Die Hofbauer Anna. Die werden Sie doch kennen, oder? Die wohnt doch in ihrer Stiege.«
Peter bewegt auffällig oft die Augen hin und her.
»Ah, die Frau Hofbauer. Natürlich kenn ich sie. Nein, ich habe davon noch nichts gehört. Ich war jetzt einige Tage bei meinen Eltern in Kärnten. Ich hoffe, dass sie bald wieder auftaucht. Vielleicht ist sie fortgefahren?«

»Nein, das glaube ich nicht. Das wüsste doch jemand. Ich gehe jetzt zur Freiwilligen Feuerwehr hinüber, die formiert zusammen mit der Polizei und ein paar Helfern aus der Gemeinde einen Suchtrupp. Wenn Sie Zeit haben, können Sie gern mitkommen und helfen. Das würde Ihnen bestimmt nicht schaden, wenn Sie sich hilfsbereit zeigen und mit den Leuten ein wenig ins Reden kommen.«
Jakob ist ein alter Hase, er weiß genau, wie es mit den Neulingen im Dorf abläuft und womit er Peter motivieren kann. Er war von Anfang an einer der wenigen in Frankenfels, die ihm freundlich und respektvoll gegenüber waren. Schon allein deswegen kann Peter den Vorschlag nicht ablehnen .
Auf dem Weg zur Feuerwehr fällt Peter zum ersten Mal auf, in welch guter Verfassung sich Jakob, der bald 80 Jahre alt wird, befindet.

Herr Müller hat einen äußerst aufrechten Gang und bewegt sich mit einer Leichtigkeit, die man oft bei einem 50-Jährigen nicht sieht. Er muss wohl regelmäßig Sport betrieben haben. Ich wette, er geht jeden Tag bei jedem Wetter spazieren. Er strahlt eine Ruhe und Kraft aus und das noch in diesem Alter. Beneidenswert!

Auf dem Parkplatz der Freiwilligen Feuerwehr haben sich bereits etwa 30 Menschen versammelt. Peter grüßt leise und schüchtern in die Runde und bekommt dafür von den wenigen, die ihn bemerkt haben, überwiegend abwertende Blicke. Sie beachten ihn so wenig, dass ihnen nicht einmal auffällt, wie zerzaust Peter Erscheinungsbild wirkt. Peter nimmt sich felsenfest vor, den Tipp von Jakob zu beherzigen. Er möchte vermehrt auf die anderen zugehen und ihnen zeigen, dass er ein guter Mensch ist, den man gernhaben muss, wenn man ihn besser kennt. Die Suchtrupps werden in zehn Gruppen eingeteilt. Peter tritt die Suche mit Jakob Müller und Markus Eisenbacher, einem Dorfpolizisten, den Peter nur vom Sehen her kennt und nicht einschätzen kann, ob er ihm freundlich gesinnt ist, an. Ihr Suchgebiet befindet sich rund um das Bergbauernmuseum, bei dem Peter arbeitet. Die drei Kilometer bis zu dem Museum hinauf, wo ihre Suche startet, legen sie mit dem Auto zurück. Peter sitzt zum ersten Mal in seinem Leben in einem Polizeiauto und noch dazu, wie ein Verbrecher auf der Rückbank.

Wie es sich wohl anfühlt, wenn man verhaftet wird und hier in Handschellen sitzen muss?
Wenn man nicht weiß, was einem als Nächstes erwartet und wie es weitergehen wird.
Wenn man nicht weiß, wie lange es dauern wird, bis man sich wieder als freier Mensch bewegen kann.
Wenn man nicht weiß, ob es überhaupt noch einmal diesen Augenblick geben wird.
Mir könnte es bald so ergehen.

»Herr Eisenbacher darf ich Sie etwas fragen?«, krächzt Peter mit trockener Kehle, während er endlich seine Haare in Ordnung bringt.
»Natürlich!«

»Warum suchen wir im Umkreis vom Bergbauernmuseum? Das ist doch eher eine abgelegene Gegend, in die sich hauptsächlich Touristen und Wanderer begeben?«
»Da haben Sie schon Recht, aber wir müssen derzeit von allen Möglichkeiten ausgehen. In solchen Fällen kommt es oft auf jede Minute an und wir sind ohnehin schon sehr spät mit der Suche dran.«
»Das heißt es gibt noch keine Hinweise oder Anhaltspunkte, was passiert sein könnte?« Peter versucht dabei so belanglos wie möglich zu klingen, was ihm jedoch seinem Empfinden nach nicht gelungen ist.
»Nein bis jetzt noch nicht. Aber glauben Sie mir, es wird nicht mehr lange dauern, bis wir wissen, was passiert ist. Mittlerweile ist auch die Polizei auf dem Land auf Zack.«, sagt Markus leicht schmunzelnd.
Die Antwort wirkt auf Peter etwas einschüchternd, auch wenn es mehr eine Floskel, vielleicht sogar eine Art von Überheblichkeit war. Etwas irritiert fragt er weiter.
»Wer hat sie eigentlich vermisst gemeldet? Hat sie Verwandte?«
»Soweit ich weiß, hat sie nur einen Sohn, der sie gestern Abend als vermisst gemeldet hat. Natürlich hat er schon in ihrer Wohnung und an den gängigen Orten nachgesehen und wir haben auch nicht geschlafen und einige Befragungen durchgeführt.«, antwortet Markus.
Jakob schaltet sich etwas unpassend in das Gespräch ein.
»Ich habe mir gedacht, dass Sie die Gegend sehr gut kennen und uns hier am nützlichsten sein werden. Übrigens, wir können gerne per Du sein, ich bin der

Jakob.«

Peter ist über diese freundliche Geste äußerst erfreut. »Danke schön, Herr. Ich meine Jakob. Das freut mich, ich bin der Peter.«, antwortet er mit einem breiten Grinsen.

»Wenn das so ist, dann kannst du Markus zu mir sagen. Immerhin arbeiten wir heute zusammen und sind ein Team.«

Peter kann seine Überraschung nicht verbergen. Zum ersten Mal, seit er in Frankenfels wohnt, fühlt er sich wohl und zugehörig. Es ist für Peter ein sehr schöner Moment und das nur, weil sie paradoxerweise eine Frau suchen, die er umgebracht hat.

Auf gewisse Art und Weise belüge ich die Zwei, meine Teamkameraden, die mich nicht ausschließen und sich auf mich verlassen!

Beim Museum angekommen begrüßt Peters Chef Harald die drei und fragt scherzend, ob Peter in seiner Urlaubswoche von der Polizei zur Arbeit gezwungen wird. Obwohl Markus im Auto gesagt hat, dass sie keine Zeit zu verlieren haben, lässt er sich von Harald zur Stärkung zu einem schnellen Imbiss, im dazu gehörigen Mostheurigen überreden. Dieser Umstand kommt Peter mehr als gelegen, nachdem er heute weder etwas gegessen noch getrunken hat. Er schlingt die Mahlzeit hinunter, während sie ihr weiteres Vorgehen besprechen. Sie beginnen mit dem südlichen Waldstück Richtung Hauptstraße hinunter. Da es sich um ein relativ weitläufiges Gebiet handelt und sie nur zu dritt sind,

halten sie voneinander größeren Abstand. Jedoch nur so weit, dass sie noch in Sichtweite bleiben.
Mittlerweile läuft das Team seit einer guten halben Stunde über Stock und Stein. Je länger Peter auf sich allein gestellt durch den Wald trottet und nicht durch Gespräche abgelenkt ist, desto größer werden wieder seine Gewissensbisse. Er geht mit starrem Blick Schritt für Schritt und ist mit den Gedanken bei dem Unfall. Immer wieder versucht er sich an mehr Details als bisher zu erinnern. Doch es scheint so, als würde die Realität verschwimmen und ihm entgleiten.

Habe ich beim zurück Schieben vorher in den Rückspiegel gesehen?
Ich hätte sie doch schon beim Einsteigen sehen müssen!
Vielleicht habe ich sonst noch etwas übersehen? Oder jemanden?
Markus hat gesagt, dass es noch keinen Hinweis oder Verdacht gibt. Also hat mich niemand gesehen.
Vielleicht hat er gelogen? Immerhin handelt es sich um eine laufende Ermittlung, da wird er nicht jedem alles auf die Nase binden.
Es könnte sich aber auch noch jemand bei der Polizei melden, der etwas gesehen hat. Manche trauen sich erst später oder realisieren erst Tage danach, was passiert ist. Ich muss endlich diesen verdammten Blutfleck aus dem Kofferraum entfernen! Dann kann es eigentlich gar keine eindeutigen Beweise gegen mich geben.
Das war wieder typisch, dass ich in der Früh so hektisch war und in diesem Moment nicht daran gedacht habe, sonst wäre

ich doch niemals mit dem Jakob mitgegangen. Allerdings bin ich der einzige Mensch, der weiß, wo sich die Leiche befindet, und im Normalfall wird sie dort auch niemand finden. So gesehen kann das auch noch ein paar Stunden warten.
Ich muss nur aufpassen, dass ich nicht zu sehr den interessierten Helfer spiele. Man sieht doch in den Filmen immer, dass die Täter öfters bei der Aufklärung eines Falles großes Interesse und Eigeninitiative zeigen und dadurch erst zum Hauptverdächtigen werden. Diesen Fehler darf ich nicht machen!
Im Grunde genommen ist es sinnlos, hier nach irgendetwas zu suchen. Ich stehle allen anderen ihre kostbare Zeit und Nerven. Sie könnten bei ihren Familien sein, ihren Hobbys nachgehen oder sonst etwas machen. Stattdessen irren sie in der Hoffnung, die arme Frau zu finden, unnötig durch die Ortschaft.

»Kommt schnell her. Ich habe etwas gefunden. Schaut euch das an!«, ruft Jakob durch den Wald.
Peter erschreckt, im ersten Moment dachte er wirklich, dass Jakob eine Spur von Frau Hofbauer gefunden hat. Seine Hände kribbeln noch immer leicht und Peter braucht ein paar Sekunden, bis er sich gesammelt hat, als er die zwei joggend erreicht.
»Könnte von der Größe her passen, oder was meint ihr?« Markus hält bereits eine hellgraue Strickweste in die Höhe und begutachtet sie von allen Seiten.
Peter schaut Jakob fragend an. Dieser bejaht die Frage zögerlich.
»Die Weste nehmen wir auf jeden Fall mit.«

Während er die Weste in einen Plastikbeutel packt, fragt Jakob, ob nicht ein Spürhund anhand der Weste eine Spur wittern kann. Markus belehrt ihn, dass sie in so einem Fall diese Mittel nicht zu Verfügung gestellt bekommen. Bei einem Kind wäre dies etwas anderes, da würde sogar schon der Helikopter mit Wärmebildsuchkamera um sie herum kreisen.

»Super, dass wir zumindest etwas gefunden haben. Weiter geht es!«, fährt Markus in einem leicht befehlsartigen Ton fort.

Man könnte meinen, er erfüllt mit der Art seiner Aussprache und seinen Handlungen das perfekte Klischee eines Polizisten.

Nach knapp zwei erfolglosen Stunden beschließen sie schließlich die Suche zu beenden und kehren zum Bergbauernmuseum zurück.

»Wollen wir noch hier hinunterschauen?«, fragt Peter und deutet auf einen mit Eisengitter abgesperrten Weg.

Peter bemerkt, wie Markus auf seine Hand starrt, an der noch leichte Kratzer vom Vergraben der Leiche zu erkennen sind.

»Dort geht es doch zu der alten Hütte.«, sagt Jakob freudig.

»Ja genau. Ich war erst einmal, vor gut einem Jahr, unten. Es scheint mir ein gutes Versteck zu sein, da es sehr abgelegen ist. Wir dürfen nichts unversucht lassen, hast du doch selbst gesagt, Markus.« Peter bereut es zugleich, wieder die Initiative ergriffen zu haben.

So viel zu dem Thema, dass ich mich zurückhalten möchte.

»Na dann gehen wir los, oder seid ihr schon müde?«, erwidert Jakob mit frecher Stimme.

Der Blick von Markus wirkt wie versteinert. Man konnte sehen, dass er etwas sagen wollte. Vielleicht ein Argument, das dagegen spricht hinunterzugehen? Doch er blieb vorerst stumm und so gehen die drei den schmalen, naturbelassenen, beinahe verwilderten Weg hinunter. Nach guten 100 Metern wird das Gelände etwas weitläufiger, wo ein paar Pferde umherlaufen und ihr Dasein genießen. Peter beginnt unbeabsichtigt zu stöhnen, als sie den Schatten der Bäume verlassen und die glühende Sonne auf ihre Köpfe strahlt. Kurz darauf ist zu seinem Glück die Hütte in Sichtweite. Allerdings müssen sie noch eine enge, steile Linkskurve bergab bewältigen. Jakob kommt aufgrund der Kieselsteine, welche den Weg rutschig werden lassen, an seine Grenzen. Auf die Frage hin, ob er Hilfe oder eine Pause braucht, winkt er nur genervt ab und murmelt etwas Undeutliches vor sich hin. Er gehört zu der Sorte Mensch, die nie aufhört, sich jeden Tag den Herausforderungen zu stellen und das Alter nicht als Ausrede gelten lassen.

Markus startet einen zaghaften Versuch, die anderen zu einer Umkehr zu bewegen. »Ich glaube ja nicht, dass sich es die Anna hier gemütlich gemacht hat oder sie jemand entführt hat. Eigentlich können wir wieder zurückgehen.«

»Das glaube ich auch nicht, aber jetzt, wo wir schon hier sind, können wir auch genauer nachschauen. Genieße doch einfach diese Stille und das Ambiente hier.«, erwidert Jakob, der völlig in seinem Element ist.

Die Strapazen haben sich gelohnt, sie haben ihr abgeschottetes Ziel erreicht. Die Eindrücke, die sie bekommen, sind einmalig. Direkt vor der Hütte befindet sich ein Holztisch mit zwei Sitzbänken. Rechts davon stehen hohe Bäume, in denen etwas versteckt das Plumpsklo ist. Direkt hinter der Hütte ist eine Wassermühle, die seit Jahrzehnten nicht mehr in Betrieb zu sein scheint. Der kleine Bach nebenan plätschert jedoch noch immer vor sich hin und ergänzt sich wunderschön mit dem Zwitschern der Vögel.

»Mehr Natur kann man gar nicht haben, ein Traum! Etwas herunter gekommen sieht die Hütte mittlerweile aus. Wir waren, als ich ein Kind war, oft zum Spielen hier. Eine wundervolle Zeit. Wir sind in der Früh von zu Hause weg und erst als es dunkel geworden ist, nach Hause gekommen. Meine Güte, was haben meine Eltern mit mir geschimpft, weil ich so schmutzig war.« Jakob schwelgt in alten Erinnerungen.

»Heutzutage gibt es so etwas gar nicht mehr. Eine Generation voller fauler Stubenhocker haben wir!«

Peter fühlt sich angesprochen und verspürt ein Schamgefühl. In dem Moment, als er sich rechtfertigen will, sagt Markus diesmal mit einer auffordernden Stimme. »Hier ist jedenfalls nichts Interessantes zu sehen, gehen wir wieder hinauf!«

»Sollten wir nicht noch einen Blick in die Hütte hineinwerfen?« Jakob möchte offensichtlich noch etwas intensiver an seinen Kindheitserinnerungen festhalten.

Markus deutet Peter mit einer Kopfbewegung, dass er die Tür öffnen soll.

»Verschlossen.«

»Wer hat den Schlüssel?«, fragt Jakob neugierig.

»Ich denke Harald, nachdem ihm der Grund gehört.«, sagt Peter.

»Nein! Die Hütte ist seit Ewigkeiten im Besitz der Familie Kraus, das hat sich nie geändert!«, antwortet Markus mit energischer Stimme.

»Kraus? Wie unser Bürgermeister? Wolfgang Kraus?«, fragt Peter ungläubig nach.

»Ja sicher, wer denn sonst!«, entgegnet ihm Markus mit einem spöttischen Unterton.

Jakob und Peter schauen sich angesichts seiner heftigen Reaktion verwundert an.

»Schade, dass wir jetzt nicht hineinkönnen. Das wäre interessant gewesen. Dann bleibt uns wohl nichts anderes über als zu gehen.«, sagt Jakob wehmütig. Auf dem Rückweg möchte vorerst keiner der drei die peinliche Stille brechen. Markus wirkt genervt, Peter ist darüber noch immer irritiert und sucht den Fehler bei sich und Jakob lässt sich ob der unangenehmen Situation am wenigsten anmerken. Er ist wohl gedanklich um 70 Jahre in die Vergangenheit gereist. Dennoch ist er es, der mit einem kurzen, nicht jugendfreien Witz versucht die Stimmung aufzulockern. Mehr als ein gequältes Lächeln von Peter bekommt er allerdings nicht zurück.

Kurz bevor sie ins Auto einsteigen wollen, ruft Harald aus der Ferne.

»Habt ihr sie finden können? Gibt es Neuigkeiten?«

»Nein, wir haben nur eine Strickweste gefunden, die uns eher nicht weiterhelfen wird. Es war auch nicht anders zu

erwarten.«, antwortet Markus, während er in das Auto steigt und die Tür zu knallt.
Er startet den Motor und fährt los, noch bevor Peter sich angeschnallt und die Autotür vollständig geschlossen hat.

Irgendetwas scheint Markus verärgert zu haben. Seitdem wir zu der Hütte hinuntergegangen sind, wurde er seltsam. Ganz zu schweigen von seiner Reaktion, als er meinte, dass die Hütte der Familie Kraus gehört.
Das hätte ich nie gedacht, dass denen die Hütte gehört. Zumal der Weg nur über den Buschenschank und somit dem Grundstück von Harald zu erreichbar ist. Logisch erscheint mir das nicht.
Ich habe zwar einmal zufällig gehört, dass Wolfgang in seinen Jugendjahren eine oder sogar mehrere Frauen in dieser Hütte vergewaltigt haben soll. Das klang aber eher wie eine Dorflegende oder eine Verschwörungstheorie, die man sich hinter vorgehaltener Hand erzählt.
Dass die Familie schon damals einflussreich genug war, um so etwas zu vertuschen und Ermittlungen zum Stillstand zu zwingen, steht außer Frage. Immerhin gehört ihnen die halbe Ortschaft und das stellen sie auch bei jeder Gelegenheit zur Schau. Wolfgang lässt auch keine Gelegenheit aus, zu erwähnen, dass er bereits mit nur 29 Jahren zum Bürgermeister wurde. So ein arroganter, egoistischer, gieriger und machtsüchtiger Mensch!

Peter wird durch Jakob aus seinen Gedanken gerissen.
»Darf ich dir einen Rat geben, Peter?«

Diese Frage war eher rhetorischer Art, da Jakob erst gar nicht auf eine Antwort wartet. »Es gibt nicht nur materielle Verschwendung, sondern auch eine Geistige. Anstatt sich mit positiven und aufbauenden Gedanken aufzutanken, belasten sich die meisten Menschen mit geistigem Müll.«

Peter schaut Jakob, der sich zu ihm nach hinten umgedreht hat, fragend an. Für einen kurzen Moment glaubt er, Jakob hat seine Gedanken gelesen, als er sich über Wolfgang innerlich aufgeregt hat.

»Versuche etwas Sinnvolles aus deinem Leben zu machen. Lebe deine Träume. Nur du kannst herausfinden, was du möchtest und nur du kannst es ändern. Alle schlechten Gedanken, Zweifel, Ängste, Ärger, Neid und Missgunst schaden nur dir selbst am meisten.«

Peter weiß gar nicht, wie er reagieren soll, er starrt Jakob aus einem halben Meter Entfernung mit offenem Mund an.

»Es ist nicht wichtig, was du jetzt mit diesen Worten anfängst. Es ist nur wichtig, dass du sie nicht vergisst und wenn die Zeit reif ist, weißt du, was zu tun ist.«, sagt Jakob mit einem gelassenen Lächeln.

Zurück auf dem Parkplatz der Freiwilligen Feuerwehr haben sich beinahe wieder alle Helfer eingefunden und berichten von ihrer Suche. Auch Wolfgang ist mittlerweile anwesend. Er half zwar nicht selbst bei der Suchaktion mit, doch es war seine Idee und er ließ die Aktion von seinen Gehilfen organisieren. Wolfgang sieht

dies nicht als Pflicht seines Amtes, sondern als willkommene Gelegenheit, seine Sympathien und seinen Status weiter auszubauen.
Peter, der allein etwas abseits von den kleineren Gruppen steht und nicht so recht weiß, ob er noch bleiben oder schon gehen soll, bemerkt plötzlich einen Mann, den er zuvor noch nie gesehen hat. Er steht mit Wolfgang, dem Bäcker Horst und zwei weiteren Dorfbewohner zusammen. Seine Gegenwart löst bei Peter ein für ihn unerklärliches Gefühl der Beklemmung aus. Der große Leberfleck auf der Stirn und die gelben Zähne stechen ihm sofort ins Auge. Die Ungewissheit verunsichert ihn zunehmend. Er tappt von einem auf den anderen Fuß und rümpft dabei seine Nase, bis er sich schlussendlich dazu durchringen kann, zu Jakob hinüberzuschleichen, um ihn leise zu fragen, ob er diesen Mann kennt. Herr Müller schaut hinüber und antwortet prompt, dass er ebenfalls nicht weiß, wer das ist und fügt hinzu, dass er daher nicht in Frankenfels wohnen kann.
Eine Antwort, die für Peter absolut nicht zufriedenstellend ist. Er überlegt noch eine Weile, ob er Jakob darauf ansetzen könnte, in Erfahrung zu bringen, was der Mann hier macht und wer er ist. Nach reiflicher Überlegung entscheidet sich Peter jedoch dagegen, da er nicht in Gefahr laufen möchte, die Aufmerksamkeit auf sich zu ziehen. Dennoch kann Peter seine Blicke nicht von ihm lassen.

Der Typ scheint sich über etwas maßlos aufzuregen.
Er fuchtelt derart mit seiner Zigarette herum, dass er seinem

Gegenüber damit fast ins Auge fährt.
Ich muss wissen, worum es geht!

Peter pirscht sich wie eine Raubkatze in der Savanne an. Meter für Meter nähert er sich. Als er in Hörweite ist nimmt, er wieder sein Handy zur Hand und täuscht eine Aktivität darauf vor.

Seine Stimme ist unaufgeregt. Er scheint sich wieder etwas beruhigt zu haben.
Jetzt reden sie von einer Entführung, wenn ich das richtig verstanden habe.

Peter fällt es schwer, sich bei den vielen Nebengeräuschen zu konzentrieren.

Auf jeden Fall geht es um Geld. Vielleicht um ein eventuelles Lösegeld?
So wie es aussieht, gehen sie davon aus, dass sie noch am Leben ist.
Ich mag seine Art zu reden nicht. Er hat eine aufdringliche Stimme und verhält sich als würde er sich, als etwas Besseres ansehen.
Anscheinend geht er jetzt wo anders hin, ich bleibe auf jeden Fall dran.

Im nächsten Augenblick kommt Markus zu Gustav angelaufen, die beiden unterhalten sich kurz, wovon Peter allerdings kein Wort versteht. Ebenso kann er den kleinen Gegenstand nicht identifizieren, den Markus Gustav beim Verabschieden in die Hand drückt.

Verdammt, was hat er ihm da gegeben?
Vielleicht ist der Typ bei einer Sonderkommission und leitet die Ermittlungen oder ein Privatdetektiv?

Peter kann Gustav noch einige Schritte verfolgen, bis er von Jakob angesprochen wird.
»Na Peter, hast du schon herausfinden können, wer der Mann ist?«
»Ähm, nein. Ich wollte gerade.« Peter bricht den Satz ab.

Es wäre wohl keine gute Idee, Jakob davon zu erzählen, dass ich den Mann verfolgen will.

»Was wolltest du gerade?«
»Ich wollte gerade nach Hause gehen.«
Peter sieht Markus auf sie zugehen. Schnell erwähnt er noch aus Angst davor, Jakob könnte Markus erzählen, dass Peter wissen wollte, wer der Mann mit dem Leberfleck war, dass es ihm sowieso nicht wichtig ist und er bloß neugierig war.
»Ich wollte mich bei euch noch einmal für die Hilfe bedanken und mitteilen, dass leider niemand von uns Erfolg gehabt hat. Wir tappen daher weiterhin im Dunkeln. Es gibt zwar den einen oder anderen Anhaltspunkt, aber soweit ich das jetzt beurteilen kann, nichts das uns weiterbringen wird. Was ich euch jetzt noch sage, bleibt bitte unter uns. Ich fürchte es sieht nämlich nicht gut aus. So eine alte Frau kann doch allein nicht weit kommen und an die absurde Theorie, wie manch andere, einer Entführung glaube ich absolut nicht. Das ist völlig aus der Luft gegriffen. Ich gehe davon aus,

dass wir sie irgendwann irgendwo durch Zufall finden werden.«
Peter weiß nicht, wie er sich aufgrund dieser Nachricht verhalten soll. Er bildet sich ein, dass ihn Markus währenddessen immer wieder eindringlich, um auf seine Reaktion zu achten, gemustert hat.
Schließlich hält er die Pause des Gespräches nicht mehr aus, da Jakob keinerlei Anstalten macht, darauf zu reagieren.
»Das tut mir leid. Hoffen wir das Beste.«

Was für eine dumme Floskel.
Aber was hätte ich denn sonst sagen sollen?

»Die arme Anna. Was die schon damals mit ihrem Mann durchmachen musste. Das erzähle ich euch lieber erst gar nicht.«, fügt Jakob hinzu, ehe sich wieder diese unangenehme Stille einschleicht.
Mit nervöser Stimme verabschiedet sich Peter schlussendlich bei Markus und Jakob und macht sich auf den Heimweg.

In seiner Wohnung angekommen, bemerkt Peter sofort den Briefumschlag, welcher auf dem Wohnzimmertisch liegt. Ihm läuft der kalte Schauer über den Rücken und er bleibt einige Sekunden wie angewurzelt stehen und starrt dabei auf das Papier.
Ängstlich schleicht er auf Zehenspitzen in die Küche und schnappt sich das nächstbeste Messer, um danach im Schlafzimmer und Badezimmer nachzusehen, ob jemand hier ist.

Er atmet tief durch, als er sich sicher ist allein zu sein. Die Last, die ihm von den Schultern fällt, wehrt nur von kurzer Dauer. Schließlich war jemand hier und es wird zweifellos kein Liebesbrief auf ihn warten. Peter zögert den Moment noch etwas hinaus und kontrolliert zuerst die Wohnungstür auf Einbruchsspuren. Er kann beim besten Willen nichts finden, dass auf ein gewaltsames Eindringen hindeutet, was die Situation nicht angenehmer macht. Er wendet sich dem Briefumschlag zu, greift zögerlich danach, um ihn mit zittrigen, schweißnassen Händen zu öffnen. Er nimmt den darin befindlichen Zettel und faltet ihn auf.

6 – Die Spurenbeseitigung

Bevor Peter den Text laut vorliest, schließt er das Fenster, rümpft die Nase und atmet tief durch.
»Du bekommst klare Anweisungen von mir und du wirst tun, was ich dir sage! Du gibst 20.000 Euro in einen schwarzen Müllsack. Diesen bringst du am Freitag um Punkt 20 Uhr auf den Parkplatz der Ruine Aggstein und legst ihn in den großen, grünen Container hinein. Falls du alles zu meiner Zufriedenheit erledigst, werde ich das Foto von meinem Handy löschen, das ich von Frau Hofbauer und dir am Sonntag in der Früh gemacht habe. Wir wissen beide, dass du nicht zur Polizei gehen wirst!«

Peter wird schwindelig. Kurz bevor er droht umzukippen, kann er sich gerade noch auf die Couch retten. Völlig paralysiert starrt er minutenlang ins Leere. Der erste Schock weicht einem Gefühl von Einschüchterung, die sich nach und nach zu seiner Überraschung in eine Erleichterung wandelt, da er nicht mehr darüber nach grübeln muss, ob die Tat jemand gesehen hat. Die Entspannung ist jedoch nur von kurzer Dauer.
»Verdammt! Wer erpresst mich und wie komme ich aus der Situation heraus?!«
Die Ungewissheit und diese Fragen treiben seinen Kreislauf auf Hochtouren an. Peter richtet sich auf und liest den Brief immer wieder in der Hoffnung, einen

Hinweis zu finden, durch.

Der Brief ist nicht auf einer Schreibmaschine, sondern mit dem Computer geschrieben und ausgedruckt worden. Das erkenne ich sofort.
Er hat das Foto auf einem Handy mit Kamerafunktion gemacht. Ich würde daher sagen, der Erpresser ist eher unter 60 Jahre alt.
DER Erpresser? Vielleicht ist es eine Frau?
Die Worte lesen sich eher bedrohlich, konsequent und gefühlskalt. Der letzte Satz ist dermaßen selbstsicher und überheblich. Ich glaube nicht, dass dies von einer Frau stammt. Nicht dass das auf eine Frau nicht zutreffen könnte, aber ein Mann würde so etwas eher schreiben.
Er wird ein Frühaufsteher sein und wahrscheinlich auch in der Nähe wohnen.
Aber warum zum Teufel soll ich das Geld dann auf die Ruine Aggstein bringen?
Wo verdammt nochmal ist diese Ruine?
Kann er in der kurzen Zeit ein Foto gemacht haben? Ich habe doch die Frau Hofbauer innerhalb weniger Sekunden in den Kofferraum gehoben! Der muss doch schon mit dem Handy gelauert haben.
Angenommen, ich gehe auf die Forderung ein, wird er dann das Foto wirklich löschen? Oder verlangt er dann immer wieder aufs Neue Geld von mir?
Vielleicht blufft er aber auch nur und es gibt gar kein Foto und ohne Foto gibt es keine Beweise, sobald ich endlich den Blutfleck im Kofferraum beseitigt habe!
Soll ich das Risiko eingehen?
20.000 Euro! Der spinnt doch! Woher soll ich so viel Geld

nehmen?
Besonders gut kann der mich nicht kennen, sonst wüsste er, dass ich niemals so viel Geld besitze.
Zur Polizei kann ich sowieso nicht gehen. Was sollte ich denen erzählen?
Ich muss so wenig Aufmerksamkeit wie es nur geht auf mich ziehen. Das muss Priorität Nummer eins sein.
Was bleibt mir da schon anderes über, als das Geld irgendwie zu organisieren? Der hat mich in der Hand!
Das Erschreckendste ist eigentlich, dass jemand jederzeit und ohne Probleme in meine Wohnung kommen kann und höchstwahrscheinlich einen Schlüssel hat, sonst wäre die Tür nicht zugesperrt gewesen.

»Wer zum Teufel ist das?!« Peter schreit so laut, dass er sogar selbst erschrickt.

Der nächste Morgen beginnt für Peter mit einer inneren Unruhe und starken Kopfschmerzen. Er lag die meiste Zeit regungslos in seinem Bett und dachte darüber nach, wie er das Geld beschaffen soll. Der Verkauf seines Autos kam ihm als Erstes in den Sinn, doch dafür bekommt er nicht einmal einen Bruchteil der geforderten 20.000 Euro und zu der Ruine könnte er dann auch nicht mehr fahren. Einen Kredit von der Bank wird er in seiner Lage ohne Sicherheiten kaum bekommen. Abgesehen davon hätte er im Handumdrehen das nächste Problem, da er die monatlichen Raten nicht zurückzahlen könnte. Der einzige Ausweg, der ihm eingefallen ist, ist seine Mutter um Hilfe zu fragen. Jedoch hat er noch keine

Ahnung, wie er sie darum bitten soll. Sie wird bestimmt wissen wollen, wozu er das Geld benötigt. Außerdem ist sich Peter ziemlich sicher, dass sie gar nicht so viel Geld auf der Seite hat. Er streckt die Arme und Beine durch und beschließt sich damit später auseinanderzusetzen. Den Blutfleck aus seinem Kofferraum zu entfernen hat für Peter jetzt oberste Priorität, nachdem er gestern wieder einmal darauf vergessen hat, weil ihn die Situation mit dem Brief derart überforderte. Peter grübelt bei seinem Frühstückstee nach woher er sich die Information darüber, wie er diesen Fleck am besten entfernen kann, beschaffen soll.

Auf meinem Computer und Handy werde ich solche Sachen zumindest im Moment unter gar keinen Umständen eingeben. Das wäre ein gefundenes Fressen für die Polizei, falls es doch zu Ermittlungen gegen mich kommen sollte.
Ich werde auf gut Glück nach St. Pölten fahren, um ein Internetcafé suchen. Das ist die nächstgelegene größere Stadt, dort ist die Frequentierung wesentlich höher und ich bin anonym. In weiterer Folge kann ich dort die benötigten Materialien schneller beschaffen.

Im Internetcafé angekommen setzt sich Peter in das hinterste Eck. Sein Vorsatz, Ruhe zu bewahren und diese auszustrahlen, scheint ihm heute nicht zu gelingen. Er wirkt hyperaktiv und seine Bewegungen sind sehr hektisch. Peter hämmert mit seinen Fingern für jedermann gut hörbar in rasanter Geschwindigkeit die Schlagwörter »Teppich, Blut, entfernen« auf die Tastatur.

Sofort findet er zahlreiche Tipps, wie sich der Fleck mit diversen Haushaltsmitteln gut entfernen lässt. Selbst wenn wie in seinem Fall, das Blut bereits ein paar Tage eingetrocknet ist. Euphorisch liest er sich, um nichts zu vergessen, den Text noch einmal durch. Gedanklich wiederholt Peter das Gelesene, während er das Internetcafé verlässt.

Mit einer Sprühflasche, gefüllt mit kaltem Wasser und etwas Spülmittel, den Fleck einsprühen. Etwas einwirken lassen und mit einem Baumwolltuch den Fleck abtupfen.
Auf keinen Fall reiben!

Überschwänglich hüpft er in sein Auto und fährt zielstrebig zu einem Drogeriemarkt. Als er die Türschwelle betritt, fällt ihm ein winziges, aber wichtiges Detail ein, das den Unterschied zwischen jahrelanger Haft und einem einigermaßen freien Leben ausmachen kann. Peter hat nicht darauf geachtet, ob sich das Blut so entfernen lässt, dass selbst die Polizei keine Rückstände mehr nachweisen kann. Er muss auf Nummer sicher gehen und darf nichts dem Zufall überlassen. Unvermittelt dreht er sich um, steuert auf sein Auto zu und begibt sich auf die Suche nach einem anderen Internetcafé. Ein zweiter Besuch, so kurz nach dem Ersten in demselben Lokal, ist ihm zu auffällig.
Peters Unruhe und hektische Art verstärken sich, als er wieder vor einem Computer Platz nimmt, um erneut zu recherchieren. Diesmal versucht er es mit zusätzlichen Begriffen wie »Rückstandslos« oder »Nicht

nachweisbar«.
Dabei stößt er auf etliche kriminaltechnischen Informationen, unter anderem auf Luminol. Er liest, dass sich mit dieser chemischen Verbindung kleinste Blutmengen, die für das menschliche Auge nicht sichtbar sind, nachweisen lassen. Die Suche nach einem Weg, wie man das Verfahren unschädlich macht, ist schwieriger als gedacht. Er findet zwar den Tipp, dass Bleiche und Ammoniak helfen soll, andere Nutzer aus dem Internetforum widersprechen jedoch dieser These. Nach einer halben Stunde forschen ist Peter mehr verunsichert als zu Beginn. Er weiß nicht, was er glauben soll und darf. Schließlich kann im Internet jeder Mensch falsche Informationen verbreiten, egal ob bewusst oder unbewusst.
Wie hoch ist die Wahrscheinlichkeit, dass es einer derjenigen mit absoluter Sicherheit weiß und nicht nur etwas schreibt, das er einmal irgendwo gehört hat. Selbst wenn es zum Beispiel einen Chemiker in dem Forum geben sollte, der recht hat. Peter würde es nicht herausfinden können, dass er derjenige ist.
Er starrt auf den Bildschirm und überlegt, wie er das Problem lösen soll.

Den Fleck einfach mit Spülmittel und Wasser entfernen? Das ist die unauffällige Variante, könnte sich aber in weiterer Folge als leichtsinnig herausstellen.
Mit der Bleiche wird sich der Teppich verfärben. Zum einen könnte das unangenehme Fragen aufwerfen und zum anderen habe ich keine Garantie, dass das Blut nicht mehr nachweisbar

ist. Die dritte Option ist die radikalste, aber auch die sicherste. Ich fahre in den Baumarkt und kaufe ein Teppichmesser, danach schneide ich das blutige Stück heraus und lasse es verschwinden. Im Falle einer polizeilichen Untersuchung wirft das zwar auch Fragen auf, aber ohne Teppich gibt es kein Blut und ohne Blut auch keine Beweise.

Gedrängt von seiner Unruhe und dem Adrenalin rast er völlig untypisch auf der Suche nach einem Geschäft durch die Stadt. Seine Ortskenntnisse sind praktisch nicht vorhanden, dennoch gelingt es ihm zügig das Objekt seiner Begierde zu finden. Im Baumarkt selbst braucht er dagegen etwas länger, bis er die gewünschten Utensilien beieinander hat. Zusätzlich nimmt Peter noch eine schwarze Rolle Klebeband mit, um die kahle Stelle im Kofferraum aus optischen Gründen zu überkleben.
Beinahe hätte er mit seiner Arbeit auf dem Firmenparkplatz begonnen. Doch bevor er den ersten Schnitt mit dem Teppichmesser ansetzt, besinnt er sich und trifft die Entscheidung, eine abgelegene Straße zu suchen.
Es verschlägt ihn in eine weitläufige Seitengasse, in der einige Firmen ansässig sind. Die Sonne brennt auch heute wieder erbarmungslos auf die Erde nieder. Ein Umstand, der Peter zugutekommt, da die Straßen wie ausgestorben scheinen. Kaum jemand wagt sich ins Freie und wenn, sucht er im Schwimmbad nach Abkühlung.
Er schneidet seit zwei Minuten mit dem Messer hilflos herum. Man merkt sofort, dass er keine handwerkliche Koryphäe ist. Immer wieder unterbricht er, um sich

umzudrehen und zu schauen, ob ihn jemand beobachtet und um sich den Schweiß aus seinem Gesicht zu wischen, der regelmäßig auf den Kofferraumteppich tropft. Es dauert beinahe peinliche zehn Minuten, bis das Ergebnis seiner Wunschvorstellung entspricht. Ihm läuft der Schweiß bis in den Mund über sein Gesicht hinunter. Eilig klebt er drei Schichten Klebeband über die großzügig ausgeschnittene Stelle. Danach rollt er das blutige Teppichstück zusammen und umwickelt es mit jeder Menge Klebeband, sodass sie seine gekrümmte Handfläche ausfüllt.

Jetzt muss ich die schwarze Kugel nur noch verschwinden lassen und danach kümmere ich mich noch um die Decke.

Er begibt sich auf die Suche nach einem Mistkübel die Straße entlang und kommt dabei bei einem großen Autohaus vorbei. Als er seinen Blick über das Gelände schweifen lässt, stockt ihm der Atem.

Verdammt! Das gibt es doch nicht!
Das ist er doch, oder?!

Peter wischt sich abermals den Schweiß, der mittlerweile die Augenbrauen überwunden hat und in seine Augen läuft, weg. Er hat sich nicht geirrt. Gustav steht etwa 50 Meter von ihm entfernt.

Was macht der Typ mit dem großen Leberfleck hier? Verfolgt der mich etwa seit der Früh und jetzt gibt er vor, sich für ein Auto zu interessieren, damit ich ihn nicht enttarne.

Jetzt spricht er sogar mit einem Verkäufer.
Das nehme ich ihm nicht ab!
Moment, das ergibt plötzlich alles einen Sinn!
Er war es!
Markus muss ihm gestern meinen Wohnungsschlüssel gegeben haben. Das war es der Gegenstand, den ich nicht erkennen konnte! Danach hat er den Brief in meine Wohnung gelegt. Deswegen gab es keine Einbruchsspuren und deswegen hat sich Markus noch zu Jakob und mir gestellt. Er wollte mich nur hinhalten. Diese miese Sau!
Na warte, der kann was erleben!

Völlig untypisch geht Peter entschlossen in die Offensive. Er legt die Teppichkugel unter ein Auto, welches beim Autohändler steht und geht auf Gustav zu, der sich mittlerweile von ihm weg zum Eingang des Gebäudes bewegt.
Peter brüllt ihm nach »Hey, halt! Bleiben Sie stehen!«
Noch bevor er das letzte Wort ausgesprochen hat, schießt ihm ein Gedanke durchs Hirn.

Vielleicht habe ich mich geirrt? Schließlich bin ich doch davon ausgegangen, dass der Erpresser in Frankenfels wohnen muss und der Leberflecktyp wohnt dort ganz bestimmt nicht.
Was ist, wenn der Brief doch nicht von ihm ist? Was passiert, wenn ich ihn mit dem Brief konfrontiere und er dem Markus erzählt, dass ich erpresst werde. Dann wäre ich in Erklärungsnot.

Peter bremst sich ein und dreht sich blitzartig um. Doch es ist zu spät.

»Wie kann ich Ihnen helfen?«, ruft ihm eine durchaus freundliche, aber bestimmende Stimme zu.
Peter dreht sich nur halb zu Seite, sodass er hofft, dass Gustav sein Gesicht nicht erkennen kann und erwidert etwas verhalten.
»Entschuldigung, es war nur eine Verwechslung«.
Etwas Besseres fiel ihm spontan nicht ein. Mit großen Schritten eilt Peter in etwas geduckter Haltung, als würde er sich verstecken wollen, zu seinem Auto und lässt die Stadt hinter sich. Was Peter nicht wusste, ist, dass Gustav der Autoverkäufer war und nicht derjenige, welcher ein Auto kaufen wollte.
Just in dem Moment, als Peter auf der Landstraße wegen eines Staus zum Stillstand kommt, streikt seine Klimaanlage. Die Sonne hat mittlerweile ihren Höchststand erreicht, das Thermometer zeigt knapp 38 Grad an. Der perfekte Zeitpunkt, um die Nerven von Peter zu überstrapazieren. Er kocht innerlich vor Wut. Sein Leben war nur selten perfekt, doch die letzten zwei Wochen sind sogar für seine Verhältnisse sehr turbulent. Alles begann mit dem Tod von Stefan, danach der Unfall mit Frau Hofbauer und jetzt auch noch die Erpressung. Da ist es doch kein Wunder, wenn Kleinigkeiten das Fass zum Überlaufen bringen. Sein Kopf fühlt sich an, als würde er explodieren. Seine Kehle ist ausgetrocknet, der Sicherheitsgurt raubt ihm den Sauerstoff zum Atmen. Peter würde am liebsten vor Hilflosigkeit davonlaufen und schreien. Stattdessen sitzt er in seinem Auto fest, das sich mit jeder Sekunde mehr aufheizt. Er klopft energisch zur Musik aus dem Radio mit seinen Handflächen auf das

Armaturenbrett. Das ist im Moment sein einziges Ventil, um sich etwas Luft zu verschaffen. Nur im Minutentakt geht es zwei bis drei Autolängen voran. Er nutzt jeden Zentimeter aus, den es vorwärtsgeht und streckt seinen Kopf aus dem Fenster, um durch den Fahrtwind ein wenig Abkühlung zu bekommen.
Als Peter nach einer guten halben Stunde endlich zu der Unfallstelle kommt, wird der Unfallwagen mit einem Kran auf einen Anhänger gehoben.

Eine alte Alfa Romeo Giulia.
Schade darum, ein sehr schönes Auto. Das Modell ist sicher mindestens 50 Jahre alt. Ich hoffe, dem Besitzer geht es gut und er kann sie wieder restaurieren lassen.
Unser Nachbar in Bad Eisenkappel, hatte auch eine in Weiß. Genau genommen, Biancospino, wie er stets stolz betonte.
Apropos Bad Eisenkappel. Ich sollte dann meine Mum anrufen, mich für mein schnelles Verschwinden von vorgestern entschuldigen und sie wegen des Geldes fragen. Ich muss mir vorher nur noch genau überlegen, wie ich sie am besten fragen soll.
Ich hasse so etwas! Eine sehr unangenehme Situation, auch wenn sie meine Mutter ist.
Oder gerade deswegen!

Zu Hause angekommen, bemerkt Peter, dass er sein Handy noch immer vom Begräbnis auf lautlos gestellt war und ihn seine Mutter seit vorgestern bereits vier Mal angerufen hat. Das macht die Situation für Peter nicht einfacher. Er fühlt sich schlecht, weil er sie in einer für sie

schwierigen Phase die letzten zwei Tage ignoriert hat. Insgeheim rechtfertigt er sich damit, dass er momentan selbst Probleme hat und diese mit niemanden besprechen kann, selbst wenn er das wollte.
»Hallo Mum, es tut mir leid, dass ich dich erst jetzt zurückrufe. Ich hatte so einen Stress in der Arbeit. Wie geht es dir?«, legt Peter los, ohne Luft zu holen.
»Na endlich hört man auch wieder von dir!«, erwidert Margarete in einem vorwurfsvollen Ton.
Bevor Peter auch nur ein Wort zur Verteidigung sagen kann, fährt sie trotzig fort.
»Ich bin schon etwas enttäuscht von dir, dass du Hals über Kopf gefahren bist.«
Peters Augen wandern hin und her, bis er schließlich Richtung Boden schaut, als könne er den durchdringenden Blick seiner Mutter spüren und nicht standhalten. So klare und harte Worte ist er von ihr nicht gewohnt. Margarethe bemerkt dies ebenfalls. Es tut ihr in der Sekunde leid, so etwas gesagt zu haben und ändert ihren Ton schlagartig. Sie erzählt freudig, dass sie eine Überraschung für ihn haben und möchte wissen, wann er vorbeikommen kann. Im Affekt sagt Peter, dass er sich sofort auf den Weg machen kann.
»Dann bist du zum Abendessen hier? Ich mache uns Schnitzel.«, sagt sie mit einer versöhnlichen Stimme.
»Ja, das geht sich aus. Danke, ich freu mich, bis dann.«

Sie war ziemlich böse auf mich.
Wer kann es ihr schon verübeln. Sie wird sich auch nur etwas Luft verschafft haben.

Ich werde dann am Abend nach dem Essen wegen dem Geld fragen. Persönlich ist es sowieso besser als am Telefon und wer weiß, vielleicht bekomm ich das Geld gleich mit. Das ist meine einzige Hoffnung.

Ich bin schon auf die Überraschung gespannt. Ich kann mir beim besten Willen nicht vorstellen, was das sein soll.

Seltsam, dass sie »wir haben« sagte?

Das heißt doch, es kommt von beiden, auch von Papa! Da kann doch etwas nicht stimmen.

7 – Das Geld

Peter steigt in sein Auto und verspürt sofort ein unbehagliches Gefühl. In seinem Kopf durchlebt er noch einmal ungewollt den Unfallhergang. Er sieht plötzlich klar und deutlich das Gesicht von Frau Hofbauer, als er sie in den Kofferraum hob. Ihr durchdringender Blick ist direkt auf ihn gerichtet. In der Hoffnung, das Bild aus seinem Kopf zubekommen, schließt Peter für zwei Sekunden unbewusst die Augen und fährt dabei auf die Spur des Gegenverkehrs.

Verdammt, reiß dich zusammen!
Das bildest du dir doch nur ein. Sie hat dich gar nicht angesehen! Ihr Kopf war nach rechts gedreht! Oder?
Hier ist die Abzweigung in den Wald hinein.
Das war heftig, als ich ihr, über sie kniend, an den Hals gegriffen habe. Ich hätte mich vor lauter Angst fast übergeben.
Ich werde lieber umdrehen und zurückfahren, um nachzuschauen, ob ich in der Hektik etwas liegen gelassen habe oder Spuren von mir oder ihr zu finden sind. Vielleicht ist das angebliche Beweisfoto hier gemacht worden und nicht beim Unfallort, wie ich ursprünglich angenommen habe?
Ist auch egal, was ändert es schon?

Peter hält den Volvo ein paar Meter vor der Stelle, an der er im Wald vor drei Tagen stehen geblieben ist. Er steigt aus und umkreist mit gesenktem Kopf derart zielstrebig die Gegend, dass ihm anfangs nicht einmal die zwei

Wanderer auffallen, welche ihn mit verwunderten Blicken mustern. Peter schiebt mit den Schuhen die lose Erde hin und her und entdeckt dabei einen kleinen Ohrstecker. Reflexartig geht er in die Knie, um ihn aufzuheben. Er begutachtet ihn eine Weile von allen Seiten. Kann sich aber nicht festlegen, ob dies Frau Hofbauers Ohrstecker ist. Er gibt ihn trotzdem zur Sicherheit in seine rechte Hosentasche, um danach seine peinlich genaue Suche fortzusetzen, die jedoch ohne weiteren Fund endet.

Auf seinem weiteren Weg erinnert sich Peter immer wieder an die Fahrt vom Sonntag. Teilweise fällt es ihm schwer, das Lenkrad zu greifen, da seine Hände schweißnass sind. Ihm ist klar, dass er sich bei einer neuerlichen Polizeikontrolle nicht unauffällig verhalten könnte. Dafür ist in den letzten Tagen zu viel passiert, er macht mittlerweile einen sehr mitgenommen und mitleiderregenden Eindruck und langsam realisiert er das auch selbst. Aus Angst, die zwei Polizisten könnten wieder an derselben Stelle stehen, nimmt Peter einen zehnminütigen Umweg in Kauf.

»Hallo Mama!« Peter schleift sich erschöpft von der heißen Autofahrt ins Wohnzimmer.

Aus der Küche duftet es bereits lecker nach dem Essen. Er holt sich ein Glas Wasser und leert es auf einen Satz hinunter, um es danach noch einmal aufzufüllen. Nach wie vor ist es totenstill im Haus. Diesmal ruft Peter energischer. »Hallo! Ist da jemand?« Es kommt abermals keine Antwort retour.

Peter geht die Stiegen hinauf und wirft einen kurzen Blick in jedes Zimmer. Niemand hier. Er setzt sich im Wohnzimmer auf die Couch und überlegt, ob er in den Keller hinunterschauen soll. Er fürchtet dort seinen Vater anzutreffen, was er eigentlich vermeiden möchte. Schließlich überwindet er sich aber nach einigen Minuten, doch. Peter geht die Stufen hinab und folgt einem leisen Hämmern. An der Türschwelle hält er an und beobachtet für einige Sekunden verdutzt seinen Vater bei dem Bau eines Vogelhauses. Lediglich ein trockenes und kurzes »Hallo« kommt ihm über die Lippen.
»Hallo Peter, wir haben dich nicht so früh erwartet.«, entgegnet ihm Ivan mit seidiger Stimme, während er sich zu ihm dreht.
Peter ist aufgrund der ungewohnt freundlichen Antwort etwas verwirrt. Mit hochgezogenen Augenbrauen fragt er entgeistert, wo seine Mutter ist.
»Die ist bei Stefan auf dem Friedhof. Ich denke, sie würde sich freuen, wenn du zu ihr hinuntergehst und sie überrascht.« Ivan legt noch einmal mit einer übertriebenen Freundlichkeit eine Schippe nach.
Verblüfft dreht sich Peter wortlos um und befolgt den Vorschlag seines Vaters.

»Hey, Mum.«, flüstert Peter, als er neben ihr auf dem Friedhof steht.
Sofort fällt sie ihm um den Hals.
»Hallo, mein kleiner Bub. Warst du schon im Haus?«
»Ja?! Was? Was ist denn mit Papa los?«

Margarethe kann ihr Grinsen nicht verbergen.
»Was meinst du denn?«, fragt sie dennoch, als würde sie nicht haargenau wissen, wovon Peter spricht.
»Na, er war so seltsam freundlich zu mir. Er hat gesagt, ich soll dir eine Freude machen und auf den Friedhof kommen. Ich kann mich nicht erinnern, wann er so etwas das letzte Mal gesagt hat. Ich wusste nicht einmal mehr, dass er mir in die Augen schauen kann, ohne dabei etwas Böses zu sagen oder zu denken.«
Das Grinsen in Margarethes Gesicht wird noch ein Stück breiter.
»Lass uns ein Stück spazieren, dann erzähle ich dir alles. Du weißt doch, dass er nicht immer so wie in den letzten Jahren war.«, sagt sie in einem Ton, als würde sie sich im Namen von Ivan bei Peter für alles entschuldigen wollen.
»Als ich am Tag nach dem Begräbnis aufgestanden bin und bemerkte, dass du gefahren bist, habe ich mich von allen auf der Welt im Stich gelassen und sehr einsam gefühlt.«
»Es tut mir sehr leid Mama, ich wollte das nicht.«, unterbricht Peter seine Mutter.
»Mach dir keinen Kopf, das ist vergessen. Ich kann dich ja verstehen.«, sagt sie und hängt sich bei seinem Arm ein.»Dein Vater war, wie so oft, nicht da. Ich bin den ganzen Vormittag heulend im Bett gelegen und habe den Entschluss gefasst, die Scheidung einzureichen und in die Wohnung von Stefan zu ziehen.«, berichtet sie weiter und erntet dafür einen überraschten Blick von ihrem Sohn.
»Als Ivan endlich nach Hause kam, hatte ich schon die ersten Sachen zusammengepackt und erzählte ihm von

meinem Vorhaben. Ich warf ihm alles an den Kopf, was sich die letzten Jahre bei mir aufstaute. Ich wurde sehr laut und es fühlte sich richtig befreiend an. Endlich konnte ich meine Last loswerden.«

Peter starrt seine Mutter mit offenem Mund an.

»Zu meiner Verwunderung bat er mich zu bleiben und darüber zu reden. Wir setzten uns zusammen und ich erklärte ihm noch einmal, diesmal in Ruhe, was mich alles stört, wie sehr ich von ihm enttäuscht bin, dass er sich so geändert hat. Er hat dazu nicht viel gesagt, sondern nur zugehört. Ich blieb ihm zuliebe über die Nacht im Haus und er schlief in deinem Bett. Am nächsten Morgen, als ich die Treppen hinunterging, stand schon das Frühstück auf dem Tisch.« Margarethe macht eine Pause, um Peter erwartungsvoll und neugierig anzuschauen. Sie erhofft sich eine positive Reaktion von ihm. Doch Peter ist nach wie vor fassungslos. Er weiß nicht so recht, was er darauf sagen soll. Seine Mutter holt tief Luft und beginnt wieder zu erzählen.

»Auf jeden Fall war es das erste Mal seit, ich weiß nicht wann, dass er mir Frühstück gemacht hat. Ich wollte es ihm natürlich nicht allzu leicht machen und versuchte meine Freude zu verbergen. Wir sind über zwei Stunden beim Frühstück gesessen und er sagte mir, dass er letzte Nacht viel nachgedacht hat und mich absolut versteht. Er hat auch viel über die Gründe nachgedacht, warum sich das alles so entwickelt hat. Warum er sich so zurück zog und uns im Stich ließ. Dein Vater hatte eine sehr schwere Kindheit, aber das vermutete ich sowieso schon und du sicher auch, oder?! Er beichtete mir, dass er damals, als es

dir so schlecht ging, mit der Situation maßlos überfordert war. Er wusste nicht, wie er dir helfen konnte und wie er sich verhalten sollte. Er hat nie gelernt, seine Gefühle zum Ausdruck zu bringen, über seine Ängste und Schwächen zu sprechen. Er schämt sich sehr dafür, dass er dir kein guter Vater war. Ist das nicht toll?!«, sagt Margarethe in einem überschwänglichen Ton.
Peter stottert nur wirres Zeug vor sich hin.

Was soll daran toll sein, wenn er endlich draufkommt, dass er ein Arschloch ist.

Margarethe übernimmt wieder das Kommando und bemerkt selbst, dass ihr letzter Satz bei Peter unpassend ankam.
»Du weißt schon, was ich meine. Toll im Sinne von er hat sich darüber Gedanken gemacht. Das freut mich so sehr. Ich bitte dich, habe ein wenig Verständnis dafür. Vielleicht schafft ihr es irgendwann wieder ein normales Vater-Sohn Verhältnis zueinander aufzubauen. Ich weiß, dass das nicht einfach wird und es wird auch nicht von heute auf morgen passieren, aber bitte gib ihm eine faire Chance. Ihm liefen sogar die Tränen über das Gesicht, als er sagte, dass er im Prinzip den gleichen Fehler wie sein Vater gemacht hat, obwohl er sich geschworen hat, niemals so zu werden. Er kann es jetzt leider nicht mehr ändern, aber er hat versprochen, sich zu bessern und dass er gerne wieder so ein Leben wie früher haben und daran arbeiten möchte. Wie gesagt, das wird natürlich nicht von heute auf morgen gehen, auch zwischen ihm und mir

nicht, aber ich möchte ihm und uns diese Möglichkeit gerne geben.« Bei Margarethe flossen inzwischen wieder die Tränen.

Peter kann nicht zuordnen, ob es wegen ihrer Freude oder der Traurigkeit ist, da die letzten Jahre aus seiner Sicht verlorene Zeit waren. Er ist sich generell nach wie vor unsicher, was er davon halten soll. Wer kann es ihm schon verübeln. Peter hat kaum gute Erinnerung an seinen Vater. Die Zeit, als Ivan sich geändert hat, hat sich bei Peter sehr eingeprägt, das kann man nicht mit ein paar Worten wieder gut machen. Seine Mutter schaut ihn fragend an.

»Und? Was sagst du dazu?«

Peter würde am liebsten gar nichts sagen, aber er weiß, wie wichtig das für seine Mutter ist.

»Ich freue mich sehr für dich und hoffe wirklich, dass sich alles so ändert, wie du es dir wünscht.«

Mit dieser Antwort ist sie nicht restlos glücklich. Sie hat sich mehr erhofft, doch erwarten konnte sie es keinesfalls.

Als die zwei nach Hause kommen, ist bereits zu Peters erstaunen, der Tisch gedeckt. Die ersten Minuten beim Essen herrscht die gewohnte Stille. Die Stimmung ist etwas angespannt, niemand möchte etwas Falsches sagen und damit die aufkeimende Hoffnung auf Normalität zerstören. Ivan sucht gedanklich nach den passenden Worten, mit denen er seine persönliche Entschuldigung an Peter beginnen möchte. Er räuspert sich mehrmals, um die Aufmerksamkeit auf sich zu lenken und noch etwas Zeit zu gewinnen.

»Ich nehme an, die Mama hat schon mit dir gesprochen und dir die Neuigkeiten erzählt?«, fragt er Peter, ohne ihn dabei zunächst in die Augen zu sehen.
»Es tut mir leid, dass ich dir kein guter Vater gewesen bin. Ich wusste es nicht besser und war nicht mutig und stark genug, mich den Herausforderungen zu stellen. Ich weiß, dass dir das nicht hilft und es nichts ändert. Ich weiß auch, dass es lange dauern wird, bis du mir verzeihen kannst, falls dieser Tag überhaupt kommen wird. Ich hoffe, du kannst mir eine Chance geben. Ich möchte dir beziehungsweise euch beweisen, dass ich kein schlechter Mensch bin. Ich werde für euch da sein.«

Wer ist dieser Mann?
Ich nehme ihm das überhaupt nicht ab. Von einer auf die andere Sekunde soll er auf einmal wieder der nette Mensch sein? Der sich um andere kümmert? Den es interessiert, was andere denken und wie es ihnen geht? Das kann er jemand anderen erzählen.

»Ähm, ja, danke. Wir werden sehen, wie es weiter geht.«, sagt Peter vorsichtig.
Margarethe tritt ihn unter dem Tisch leicht gegen das Schienbein. Anscheinend war ihr die Antwort zu wenig, was Peter wiederum jedoch überhaupt nicht interessiert. Bevor der Faden des Gesprächs reißt und sich wieder das große Schweigen breitmacht, dreht sich Margarethe zu Ivan hinüber.
»Soll ich, oder willst du?«
»Sag du es ihm.«, antwortet er etwas resignierend.

Peter schaut seine Mutter mit hochgezogenen Augenbrauen fragend an.
»Was denn?!«, sagt er in lautem Ton, nachdem er die Geduld verliert.
»Ich habe es eh schon am Telefon anklingen lassen. Ich, besser gesagt, wir haben eine Überraschung für dich. Du kannst dich doch noch an unser Gespräch vom Sonntag erinnern?« Jetzt beginnt sie wieder zu strahlen.
»Welches von den Gesprächen meinst du?«, fragt Peter etwas genervt.
»Über deinen Plan von deiner eigenen Firma.«
Peter reißt seine Augen auf.
»Eigentlich wollte ich es dir im Geheimen geben, aber nachdem sich Ivan und ich ausgesprochen hatten, habe ich ihm gestern in der Früh von deiner Situation erzählt und dass ich von Stefan etwas Geld geerbt habe. Er war sofort einverstanden damit, dass wir dich finanziell unterstützen und hoffen, dass es als Startkapital für deine eigene Firma genügt.« Margarethe fängt vor Freude wieder an zu weinen.
Nach und nach realisiert Peter, dass das seine Karte aus dem Dilemma sein könnte. Er war von den überfallartigen Neuigkeiten über seinen Vater dermaßen überfordert, dass er gar nicht mehr an das Geld und die Erpressung dachte.
»Wirklich? Danke, das ist ja super! Danke Mama!« Peters Gesicht wird vor lauter Aufregung knallrot.
Margarethe räuspert sich und nickt mit dem Kopf Richtung Ivan.
»Danke euch beiden.«, sagt Peter mit gedämpfter Stimme.

»Ich hoffe du überstürzt nichts und machst dir vorher Gedanken darüber, wie du das Geld am besten investieren kannst.«, sagt seine Mutter mit leicht ermahnender Stimme und hebt dabei ihren rechten Zeigefinger.

»Ja, natürlich. Du weißt ja, dass ich verantwortungsbewusst bin.« Dieser Satz fühlt sich im Moment für Peter ziemlich falsch an.

»Wie viel ist es denn überhaupt, wenn ich fragen darf?«, flüstert er mit vorsichtiger Stimme und rümpft dabei die Nase.

»Das sagen wir dir nicht. Wir haben es heute, nachdem du gesagt hast, dass du vorbeikommst, auf dein Konto überwiesen.«

Peter kann seine Verärgerung darüber im ersten Moment nicht verbergen. Zum einen muss er hoffen, dass das Geld bis spätestens übermorgen, Freitag, auf seinem Konto ist und zum anderen weiß er nicht, ob es genug ist, um die geforderte Summe bezahlen zu können.

»Warum magst du es mir nicht sagen?«

»Ein wenig Überraschung soll es schon sein.«, erwidert sie mit leicht enttäuschendem Blick.

Peter bemerkt sofort, dass seine Reaktion unangebracht war und rudert etwas zurück. »Danke auf jeden Fall. Ich freue mich sehr und hoffe, dass mir das Geld helfen wird.« Dabei zieht er krampfhaft seine Mundwinkel nach oben.

Da ihm die Situation um sein offensichtliches Fehlverhalten äußerst unangenehm ist, versucht er vom

Thema abzulenken. »Ist es in Ordnung, wenn ich heute hier übernachte?« Peter möchte außerdem nicht den Eindruck erwecken, als wolle er sich nur das Geld abholen und sofort wieder verschwinden.

»Ja sehr gerne, aber musst du morgen nicht arbeiten?«, fragt Margarethe verwundert.

Peter fühlt sich ertappt, weil er sie diesbezüglich auf dem Zettel, den er ihr am Sonntag hinterließ, angelogen hat. Er schaut verlegen und erzählt, dass er nach ihrem Telefonat Harald angerufen und um sich spontan für Donnerstag frei nehmen hat können, weil er nicht mehr so spät nach Hause fahren wollte. Peter beließ es dabei und erwähnte natürlich nicht, dass er eigentlich die komplette Woche im Urlaub ist.

Den restlichen Abend verbringen die drei bei einem Gesellschaftsspiel und vor dem Fernseher. Zwischendurch löchert ihn Margarethe immer wieder, ob er schon die eine oder andere Idee für seine Firma hat. Sie wirkt heute Abend sehr glücklich und losgelöst. Das gemeinsame Zusammensitzen und die relativ gute Stimmung erinnert sie teilweise an früher. Zeitweise kann man zwar eine Spannung spüren, doch der eingeschlagene Weg stimmt sie zuversichtlich und das ist viel mehr, als sie vor einer Woche je erträumt hätte.

Peter bleibt länger als ihm lieb ist bei seinen Eltern im Wohnzimmer. Er weiß nach wie vor nicht, wie er die aktuelle Situation einordnen soll und fühlt sich damit äußerst unwohl.

Im Bett liegend lässt er, wie so oft, den heutigen Tag Revue passieren.

Ich habe keine Ahnung, was mit meinem Vater los ist.
Ich kann einfach nicht glauben, dass er das ernst meint. Von einem auf den anderen Tag eine 180 Grad Wendung. Niemals!
Mir fehlen dazu die Worte. Es wirkt so surreal.
Trotzdem hoffe ich, allein schon wegen Mama, dass er sich dauerhaft ändert.
Ich für meinen Teil werde lieber nichts von ihm erwarten, sonst werde ich wieder nur enttäuscht.
Auch wenn ich es nie laut aussprechen würde, wünsche ich es mir von Herzen, dass es wieder so sein wird wie in meiner Kindheit.
Generell war der Abend so völlig anders als erwartet.
Ich musste gar nicht um das Geld fragen oder gar betteln, wie ich es mir schon ausgemalt habe.
Die große Frage, die noch offen ist, um welchen Betrag handelt es sich?
Und was mache ich, wenn es sich nicht ausgeht?
Dann muss er sich eben am Freitag mit einer Teilzahlung zufriedengeben! Was soll ich denn bitte anderes tun? Wenn es nicht geht, dann geht es nicht!
Das wird ihm doch hoffentlich erst mal reichen.
Und was, wenn nicht?
Positiv denken, das wird schon werden!

8 – Die Veränderung

Die Nacht war für Peter der blanke Horror. Er träumte von Frau Hofbauer. Es war zwar nur ein kurzer, aber äußerst intensiver Traum. Peter sah die alte Frau etwas verzerrt aus der Ferne. Sie schwebte in etwa zwei Meter Höhe auf einer endlos scheinenden schmalen Straße. Links und rechts war nichts als dichter Nadelwald. Dunkle Gewitterwolken zogen auf und verdrängten vehement die blasse Sonne. Frau Hofbauers Blick war starr auf Peter gerichtet. Sie war völlig regungslos, nur ihr graues Haar wehte im aufkommenden Sturm. Als der erste Blitz niederschlug, fingen sich ihre Lippen an zu bewegen. Peter konnte nichts verstehen, was sie sagte, und ging ein paar Schritte in ihre Richtung, als plötzlich der Wind drehte und sich kräftig gegen ihn stemmte. Mit all seiner Macht kämpfte er sich Meter um Meter vorwärts. Ihre Lippen bewegten sich weiterhin, doch Peter konnte sie noch immer nichts verstehen. Als er nur noch einige Schritte von Frau Hofbauer entfernt war, erkannte er ihr entstelltes Gesicht. Die linke Gesichtshälfte war mit Wunden übersäht, aus denen hellrotes Blut heraus triefte. Die rechte Gesichtshälfte bestand gar nur noch aus Knochen. Vor lauter Schreck blieb er abrupt stehen, in diesem Moment stieß sie einen entsetzlich grellen Schrei aus und flog mit rasender Geschwindigkeit auf Peter zu. Wenige Zentimeter, bevor sie ihn erreichen konnte, riss es Peter aus seinem

Albtraum heraus.
Er sitzt schweißgebadet auf der Bettkante und fixiert das Poster von David Beckham, welches seit Ewigkeiten an der Wand hängt. Dabei ist Peter gar kein Fußballfan. Er hat es in der Hoffnung, seine ehemaligen Freunde wieder zurückgewinnen zu können, aufgehängt.
Margarethe klopft leise an seine Zimmertür.
»Ich habe dich schreien gehört. Ist alles in Ordnung bei dir?«, fragt sie vorsichtig.
»Ja Mama, natürlich! Ich habe nur schlecht geträumt.«
»Heute ist ein wunderschöner Donnerstag, die Sonne strahlt. Wusstest du, dass du ebenfalls an einem Donnerstagmorgen bei strahlendem Sonnenschein zur Welt gekommen bist?«
»Ja Mama, das hast du schon ein paar Mal erwähnt. Ich komme gleich hinunter.«, entgegnet Peter ihr gelangweilt.
Margarethe hat die Botschaft verstanden und geht nicht weiter auf das Gespräch ein. Peter schnappt sich hastig ein Handtuch, trocknet seinen feuchten Körper ab und verweilt danach noch einige Zeit im Bett. Das Frühstück steht wie gewohnt bereits auf dem Tisch. Peter setzt sich hin und schiebt sein mit Wurst belegtes Brot von einer auf die andere Seite.
»Sind wir nur zu zweit?«
»Ach, das weißt du ja noch gar nicht. Der Papa hat gekündigt. Heute trifft er sich mit dem Franz wegen der neuen Stelle. Er ist sogar früher aufgestanden, um dein Auto zu reparieren.«, sagt sie mit einem Augenzwinkern.
Peter nimmt es regungslos zur Kenntnis.

Wenigstens ist keine Leiche mehr im Auto.
Apropos Leiche, ich werde dann lieber doch einen Sprung zu den Hackschnitzeln hinaufschauen, ob alles in Ordnung ist.
Ich wollte zwar von dort fernbleiben, aber ich halte das nicht durch, nicht nach dieser Nacht. Ich muss unbedingt sofort hingehen.

Peter fasst sich in seine rechte Hosentasche und wirft den Ohrring, welchen er gestern im Wald gefunden hat, an das Ende der kleinen offenen Holzscheune, in der Frau Hofbauer unter den Holzspänen vergraben liegt.

Ob der Verwesungsprozess schon begonnen hat?
Ich rieche zumindest nichts.

Schlagartig fällt ihm ein, dass der ausgeschnittene, blutige Teppichteil seines Kofferraums noch unter einem Auto bei dem Autohändler in St. Pölten liegt.
Zumindest hofft er, dass dieser noch dort liegt.
Peter bekommt einen Schwindelanfall. Er wandelt an der Scheune vorbei zu einem kleinen Bach. Seine Beine zittern unaufhörlich. Kurz bevor er das Wasser erreicht, bricht er zusammen.
Als er wieder zu sich kommt, steht eine in die Jahre gekommene Dame gebückt vor ihm.
»Geht es ihnen gut? Soll ich die Rettung rufen?«
Im ersten Moment, als Peter nur Umrisse wahrnehmen kann, glaubt er Frau Hofbauer steht vor ihm. Er erschreckt, weicht einige Zentimeter zurück und schüttelt energisch den Kopf.
Die Dame wiederholt ihren Satz mit etwas mehr

Nachdruck.
»Ja, es geht mir gut. Sie brauchen keine Rettung rufen, Danke.«, stammelt er.
Den ersten Versuch, wieder aufzustehen, muss Peter abbrechen. Er fühlt sich schwach und völlig ausgelaugt. Beim zweiten Versuch spürt er eine kräftige Hand, die ihn in die Höhe zieht. Er mustert seine Helferin von oben beginnend. Sie hat ihr leicht gräuliches Haar zu einem Zopf zusammengebunden und überragt Peter um einige Zentimeter. Sie trägt sportliche Kleidung und hält in ihrer rechten Hand zwei Walking-Stöcke. Peter kann ihren Dialekt nicht zu zuordnen, er vermutet, dass sie aus Südtirol kommt.
»Wie lange war ich ohnmächtig?«, fragt er verwirrt.
»Das weiß ich nicht, ich habe sie erst vor wenigen Sekunden gefunden. Wo wollen sie denn hin? Kann ich sie begleiten oder ihnen sonst helfen?«, antwortet sie mit heller, freundlicher Stimme.
»Danke, es geht schon wieder. Ich wasche mir bei dem Bach mit kaltem Wasser mein Gesicht und dann bin ich wieder fit wie ein Turnschuh.«, versucht Peter die Situation herunterzuspielen.
Währenddessen weicht die sportliche Dame nicht von seiner Seite. »Geben sie noch etwas Wasser über ihre Pulsadern und den Nacken! Das bringt den Kreislauf in Schwung.«
Diesen Rat befolgt Peter mustergültig und macht sich sogleich auf den Weg zu seinem Elternhaus, während die Dame leicht verdutzt zurückbleibt.

Margarethe beobachtet von dem Küchenfenster aus, wie Peter vor dem Haus seit einigen Minuten telefoniert und dabei hektisch mit den Armen gestikuliert. Besorgt zieht sie sich ihre Gartenschlapfen an und stapft ihn seine Richtung. Als Peter dies aus dem Augenwinkel bemerkt, würgt er das Gespräch gekünstelt ab.
»Ich werde mich dann auf den Weg nach Hause machen. Bleibt es also bei Samstag? Ich freue mich auf dich. Tschüss!«
»Mit wem hast du denn telefoniert?«, fragt ihn Margarethe auffällig skeptisch.
Peter zögert und sagt beschwichtigend, dass er mit einem Freund telefoniert hat.
»Mit einem Freund?«, wiederholt sie ungläubig und blickt ihn fragend an.
Peter geht wortlos, ohne sie dabei auch nur anzusehen, an ihr vorbei ins Haus hinein und packt seine Sachen zusammen. Er ist wie in Trance und bemerkt auf dem Weg zum Vorzimmer nicht einmal, dass seine Mutter mit gekränkter Miene im Wohnzimmer sitzt. Margarethe ist von seinem Verhalten so perplex und überfordert, dass sie reaktionslos zusieht, wie er das Haus, ohne sich zu verabschieden verlässt.

Um Punkt 14 Uhr steht Peter nervös vor der Raiffeisenbank vis a vis von seiner Wohnung und wartet, bis ein Mitarbeiter die Filiale nach der Mittagspause wieder öffnet. Peter tappt auf den Beinen hin und her, als würde er sich jeden Moment anpinkeln. Er presst seine Stirn an die Fensterscheibe, um zu sehen, ob endlich jemand kommt. Etwas weiter hinten sieht er zwei ältere Frauen um die 50 Jahre stehen, die sich lachend unterhalten. Dieser Augenblick verlangt von Peter Unmengen an Disziplin. Es brodelt ihn ihm. Am liebsten würde er die Scheibe einschlagen und hineinstürmen. Als er sich diesen Gedanken bewusst wird erschreckt Peter vor sich selbst. Er ist zwar schon immer ungeduldig gewesen, aber die Form der Aggression ist ihm neu. Peter zwingt sich dazu, eine Runde um den Häuserblock zu gehen, um etwas herunter zu kommen. Er ist nicht sicher, ob er sich noch lange beherrschen und ruhig bleiben kann.

Als er wenige Minuten später wieder die Bank erreicht, hat diese geöffnet und Peter begibt sich unverzüglich zum Schalter, bei dem eine blonde, hübsche Frau Mitte 20 steht. Mit einem schüchternen »Hallo« begrüßt er sie und gibt ihr mit unruhiger Hand seine Bankomatkarte, die er aus seiner verschlissenen Geldbörse nimmt. In seinem Kopf schießen die verschiedensten Szenarien durcheinander. Was passieren könnte, wenn das Geld nicht genügt oder es gar noch nicht auf dem Konto ist.

Erst beim dritten Mal reagiert Peter auf die Frage der Bankangestellten, was sie für ihn tun kann.

»Ich wollte nur wissen, wie viel Geld auf meinem Konto ist.«, antwortet er mit leiser, piepsender Stimme.

Sein kompletter Körper ist angespannt. Er hält die Situation kaum noch aus.

»Es sind 32.568 Euro und 87 Cent.«

Peter stößt einen tiefen, druckvollen Luftzug aus, der der Blondine in das Gesicht weht.

»Ausgezeichnet! Ich möchte gerne 20.000 Euro. Nein! Doch
lieber 21.000 Euro abheben.« Peter strahlt über das ganze Gesicht.

»Einen kurzen Moment bitte, ich muss erst nachsehen, ob wir noch so viel Bargeld in der Filiale lagernd haben.«

Peters Mundwinkel fallen rapide ab. Sein Hirn beginnt wieder zu rattern.

Wenige Momente später, die Peter wie eine Ewigkeit vorkommen, kommt die junge Dame zurück.

»Ich kann Ihnen leider nur 5.000 Euro in 500 Euro Scheine geben. Den Rest in 200 Euro und 100 Euro Scheine. Ist das für Sie in Ordnung?«

»Ja, ja! Kein Problem. Besser so als gar nicht.«

Während sie das Geld professionell vor Peter herunterzählt, beginnt er wieder zu grinsen.

Sie steckt die Banknoten in einen Briefumschlag und legt diesen mit einem Zettel für die Unterschrift zur Bestätigung vor seine Nase. Trotz der großen Last, die Peter von seinen Schultern gefallen ist, steigt seine Aufregung unaufhaltsam. Er ist nicht mehr Herr seiner motorischen Fähigkeiten. Seine Unterschrift ist kaum zu entziffern, was ihn selbst jedoch mehr stört als die Bankangestellte. Mit einem leichten Knicks verabschiedet er sich wortlos und marschiert schnurstracks in die Wohnung, um das Geld weitere fünf Mal zu zählen.

Am Nachmittag, als Ivan von dem Treffen mit seinem neuen Chef nach Hause kommt, fällt ihm Margarethe sofort um den Hals. Sie überrumpelt ihn förmlich und

entschuldigt sich sogleich dafür.
»Tut mir leid, dass ich dich nicht verschnaufen lasse, aber mir liegt etwas auf dem Herzen. Findest du nicht auch, dass Peter gestern komisch reagiert hat, als wir ihn mit dem Geld überrascht haben? Ich hatte den Eindruck, dass er generell sehr gereizt und ungeduldig war. Er hat sich ja nicht einmal so richtig über das Geld gefreut. Irgendetwas war seltsam an seiner Reaktion, meinst du nicht auch?«
»Ich muss dir gestehen, dass ich nicht so sehr darauf geachtet habe, weil es mir wichtiger war, wie Peter auf die neue Situation mit mir beziehungsweise uns reagiert. Ich denke, er wusste einerseits nicht, wie er mit dieser Überraschung umgehen soll und andererseits.«
Margarethe fällt Ivan ins Wort und erzählt ihm, dass Peter heute in der Früh völlig überstürzt, ohne sich zu verabschieden, gefahren ist und sie das Gefühl hat, dass er sie beim Verlassen des Hauses nicht einmal registriert hat.
»Ist irgendetwas vorgefallen?«
»Nein gar nichts.«
Ivan schaut Margarethe skeptisch an.
»Davor war eine Situation, die mir Kopfzerbrechen bereitet. Ich weiß, es klingt für dich vielleicht nicht dramatisch, aber mich beunruhigt es zutiefst, überhaupt in dem Zusammenhang mit gestern Abend und der letzten Tage. Peter stand einige Minuten vor dem Haus und telefonierte.«
»Ja, und?« fordert Ivan sie auf, weiter zu erzählen.
»Ich bin sofort hinaus zu ihm, als ich sah, dass er mit den

Händen wild gestikulierte. Mir ist vorgekommen, dass er das Telefonat nur beendete, weil er mich sah. Ich hörte nur noch, wie er sagte, dass er sich auf jemanden freut. Das machte mich natürlich neugierig und ich fragte ihn, mit wem er telefonierte. Er sagte nach langem Zögern, dass es ein Freund von ihm war.«

»Worauf willst du hinaus?«

»Wer sagt zu seinem Freund, dass er sich darauf freut, ihn wieder zu sehen?«

»Du glaubst doch nicht, dass Peter schwul ist?«, fragt Ivan mit verzerrtem Gesicht.

»Nein, nein! Das glaube ich nicht und es wäre mir auch egal. Ich glaube viel mehr, dass er mich angelogen hat!«

»Jeder Mensch hat seine Geheimnisse. Das müssen wir ihm zugestehen.«

Margarethe schaut Ivan verblüfft an. Sie kann nicht fassen, dass gerade er so etwas sagt.

»Aber die Frage ist doch, warum lügt er mich an? Ich denke, dass die Situation auch der Auslöser für sein überstürztes Verschwinden war. Dabei habe ich ihm doch nur eine normale Frage gestellt.«

»Da steckt sicher nicht viel dahinter. Du weißt doch, dass er sich schnell eingeengt fühlt. Es ist momentan alles zu viel für ihn. Zuerst der Tod von Stefan und jetzt die neue Situation mit uns. Mach dir da nicht so viele Gedanken, das legt sich schon wieder. Er hat das nicht böse dir gegenüber gemeint. Ruf ihn doch morgen in der Früh an und dann wird sich alles klären.«

Ivan versucht sie zu beruhigen und streichelt ihr über die Schulter.

Margarethe packt diese Gelegenheit beim Schopf und drückt sich an seinen stämmigen Körper. In diesem Moment beschließt Ivan Margarethe doch nichts von dem kleinen Blutfleck zu erzählen, der ihm zufällig bei der Reparatur des Volvos auf der Rückseite der Rückbank aufgefallen ist. Es würde sie nur weiter unnötig beunruhigen.

Die Sonne verschwindet in einem kräftigen rot-orange hinter dem Horizont. Peter ist auf dem Weg nach St. Pölten, um das vergessene Stück Teppich zu holen. Er ist sich nicht mehr sicher, wie er von dem Baumarkt zu der Gasse, in der sich der Autohändler befindet, gefahren ist und sucht die Gegend planlos ab. Dennoch hat seine Irrfahrt etwas Gutes, so kann Peter sich der schwarzen Decke, mit welcher er Frau Hofbauer zugedeckt hat, in einem Caritas-Container entsorgen, nachdem er sie gründlich auf Blutflecken untersucht hat.

Als er sein Ziel gefunden hat, ist die Sonne zur Gänze verschwunden. Die Straße wird lediglich durch eine schwache Straßenbeleuchtung erhellt. Abgesehen von dem Zirpen der Grillen ist es absolut still. Peter geht zu der großen Gittertür, die ihm von dem Objekt seiner Begierde trennt. Ein kurzer Blick nach links und rechts, seine Hand drückt den Türgriff hinunter.

»Verdammt! Zugesperrt! Das darf doch nicht wahr sein. Ich werde da sicher nicht hinüberklettern!«

Peters letzte Hoffnung auf eine undichte Stelle im Maschendrahtzaun ist nach einer knappen Minute verloren.

Ihm bleibt nichts anderes übrig, als den etwas mehr als zwei Meter hohen Zaun zu bezwingen, um auf das riesige Gelände des Autohändlers zu kommen. Sofort bekommt er schweißnasse Hände. Erinnerungen an den Turnunterricht in der Schule werden wach. Das Klettern war seine Hassdisziplin, da ist auch sein damaliger Spitzname »Bummelchen« entstanden. Vermutlich war sich sein Lehrer der Konsequenzen nicht bewusst, als dieser ihn so nannte, für seine Mitschüler war das jedoch ein gefundenes Fressen.

Peter hängt seine beiden Hände in den Zaun ein, blickt nach oben und atmet tief durch. Sein Blick strahlt eine Mischung aus Verzweiflung und Hilflosigkeit aus, als müsste er den Mount Everest besteigen. Den rechten Fuß hebt er so hoch wie er nur kann und presst ihn mit aller Kraft nach vorne in eine Lücke des Zauns. Mit dem linken Bein stößt er sich von dem Boden ab. Der Rechte und kurz darauf auch der linke Arm schnellen hektisch in die Höhe und erreichen das Ende des Zaunes. Peter zieht seinen Oberkörper hinauf und beugt diesen zeitgleich mit dem rechten Bein über den Zaun. Er balanciert mit großer Mühe seinen Körper aus und hebt schwungvoll das andere Bein über die Kante. Peter blickt zum Boden hinab, schließt die Augen und lässt sich die wenigen Zentimeter fallen. Er landet ohne Probleme, standfest, auf seinen Beinen. Ein stolzes und zufriedenes Lächeln huscht über sein Gesicht.

Wenn ich das damals so gut gekonnt hätte, wäre mir einiges erspart geblieben.

Die werden doch hoffentlich zur Bewachung keine Hunde haben?!
Nein, dann wären die doch schon längst hier, hoffe ich. Verdammt ist das dunkel! Ich brauche die Taschenlampenfunktion meines Handys, sonst wird das nichts.

Peter braucht keine Minute, um den blauen BMW zu finden, unter dem er den Teppich gegeben hat. Erwartungsvoll geht er in die Knie und steckt den Kopf unter das Auto.
»Verdammt! Wo ist die Kugel?!«
Peter springt auf und geht um das Auto herum. Es ist nichts zu finden. Sein Blick wandert planlos durch das Areal des Händlers. Er dreht sich mehrmals im Kreis und beschließt unter jedem Auto nachzusehen. Der größte Teil des Geländes ist schlecht beleuchtet, weshalb Peter die meiste Zeit mit dem Handy nachhilft. Zwischendurch hält er immer wieder inne und wirft einen prüfenden Blick um sich herum, ob ihn jemand beobachtet oder mit dem Auto durch die danebenliegende Gasse fährt.

Das würde mir gerade noch fehlen, eine Anzeige wegen Einbruch oder Besitzstörung oder was einen da auch immer erwartet. Unter Umständen müsste ich sogar auf die Polizeistation mitfahren. Im Notfall sage ich, dass ich meine Wohnungsschlüssel nicht mehr gefunden habe und hier als letzten Ausweg verzweifelt danach gesucht habe und ich sie zufällig in dem Moment, als die Polizei gekommen ist, gefunden habe. Ich glaube, das ist keine schlechte Idee. Anscheinend wurde die Kugel vom Wind verweht, oder. . .

Oder es hat sie jemand gefunden. Verdammt!
Das ist ja wieder einmal typisch für mich. Warum kann nicht einmal etwas zu meinen Gunsten passieren. Es ist zum Heulen!

Peter sitzt im Türkensitz neben einem Auto und bemitleidet sich selbst, was ihm jedoch nach kurzer Zeit zu wider wird.

Selbst wenn jemand das Stück gefunden hätte, macht das doch auch nichts. Jeder normale Mensch schmeißt so etwas in den Mistkübel, ohne großartig darüber nachzudenken. Niemand wird die Kugel aufwickeln und merken, dass sich darin ein Stück Teppich mit Blutresten befindet. Falls doch, wird mich kein Mensch damit in Verbindung bringen können.
Außer vielleicht der Mann mit dem Leberfleck!

Peters erwarteter und gewohnter Panikanflug bleibt aus. Er liegt regungslos auf dem Rücken und starrt auf den sternenklaren Himmel. Kurze Zeit überlegt er, warum ihn der Gedanke daran, dass ihm diese Situation zum Verhängnis werden könnte, völlig kalt lässt. Er kommt zu dem Entschluss, dass es daran liegen muss, im Moment keine Kraft mehr dafür zu haben. Seine Knie schmerzen von dem ständigen in die Hocke gehen, seine Motivation ist am Ende, und wenn er nicht so feige wäre, würde er am liebsten hier bis zum Morgengrauen liegen bleiben. Nach gut zehn Minuten erhebt er sich langsam und schwerfällig. Die Kletterübung in die andere Richtung dauert etwa drei Mal so lange wie zuvor. Er schleppt sich zum Auto und fährt die knappe Stunde beinahe im Halbschlaf nach Hause.

Erst als er im Bett liegt und sich sein Magen lautstark meldet, bemerkt Peter, dass seine Kehle ausgetrocknet ist und er heute weder etwas gegessen noch getrunken hat. Dennoch ist er zu faul, aufzustehen und sich etwas zu holen.

Morgen ist es so weit!
Hoffentlich klappt das alles mit der Geldübergabe, dann ist endlich eine Ruhe mit diesem Thema.
Vielleicht finde ich morgen sogar heraus, wer mich erpresst!
Andererseits weiß ich gar nicht, ob ich das überhaupt wissen möchte.
Ich brauche auf jeden Fall noch einen schwarzen Müllbeutel für das Geld.

Noch während Peter seine Pläne für morgen weiter ausführen will, schläft er tief und fest ein.

9 – Die Geldübergabe

An die morgendlichen Kopfschmerzen und das Unwohlsein hat sich Peter mittlerweile so sehr gewöhnt, dass es ihm gar nicht mehr sonderlich auffällt. Er streckt seine Beine und Arme mit einem lauten Geräusch von sich, das dem eines Höhlenmenschen ähnelt. Trotz seines ausgedehnten Schlafes fühlt er sich noch immer wie gerädert und alles andere als erholt. Peter braucht noch etliche Minuten, ehe ihn sein erster Weg zum Gewandkasten führt. Er schiebt die Socken bei Seite, stellt sich auf die Zehenspitzen und nimmt mit gestreckten Armen das Kuvert mit dem Geld heraus. Peter setzt sich auf den Fußboden, um es noch einmal sorgfältig zu zählen. Danach legt er das Kuvert mit den Scheinen wieder hinter die Socken und begutachtet von unterschiedlichen Blickwinkeln, ob er es gut genug versteckt hat. Anschließend schleppt sich Peter zum Kühlschrank und starrt einige Sekunden hinein, bis er realisiert, dass sich nichts Essbares darin befindet. Er kippt drei Gläser Leitungswasser hinunter, zieht sich im Schneckentempo das Gewand von gestern an und geht in gebückter Haltung mit gesenktem Kopf ein paar Gassen weiter zu einem kleinen Lebensmittelgeschäft. Wenn man sein Alter anhand seiner Bewegungen schätzen müsste, würde man glauben, er ist kurz vor der Pensionierung.

Er legt Ware um Ware in seinen Einkaufswagen. Nicht

nur, weil er einen Bärenhunger hat, sondern auch, um für den heutigen Tag gut gerüstet zu sein. Der, so nimmt er an, noch sehr kräfteraubend wird. Außerdem kommt Julia morgen nach Hause und da gehört es sich zum guten Ton, dass der Kühlschrank gefüllt ist. Es ist ein beruhigendes Gefühl, dass er bisher nicht kannte, wenn man die verschiedensten Lebensmittel in den kleinen Einkaufswagen legen kann, ohne sich dabei über jeden Euro Gedanken machen zu müssen.

Kurz nachdem er das Geschäft verlassen hat, läutet sein Handy. Genervt stellt er die Einkaufstaschen auf den Boden und nimmt es aus der Hosentasche heraus. Die Sonne spiegelt sich auf seinem Handy, so, dass er den Namen des Anrufers nicht lesen kann. Zögerlich wischt er im Blindflug mit dem Daumen auf dem Display von links nach rechts.

»Hallo?«, fragt er vorsichtig.

»Hallo Peter, ich wollte dich nur fragen, ob du gestern gut nach Hause gekommen bist. Ich dachte, du wirst dich noch bei mir melden. Habe ich mich dir gegenüber falsch verhalten? Bist du böse auf mich?« Margarethes Stimme wurde von Wort zu Wort unsicherer. Bevor sie sich in einen Strudel hineinredet und direkt auf Peters Telefonat von gestern vor ihrem Haus eingeht, belässt sie es dabei.

Peters gute Laune vom Einkaufen weicht einem immer stärker werdenden Stressgefühl, welches sich in ihm breitmacht. Er kann es sich selbst nicht erklären, warum dies so ist. Immerhin ruft seine Mutter an, die ihm der wichtigste Mensch auf der Welt ist.

Vielleicht ist es, weil er ausgehungert ist?
Vielleicht weil ihm die Sonne in den Nacken brennt?
Vielleicht weil er ihr gegenüber ein schlechtes Gewissen hat?
Vielleicht auch einfach nur, weil die letzten zwei Wochen seit Stefans Freitod ein Horror gewesen sind und er sich bis vor fünf Tagen nicht denken hätte können, dass sein Leben noch komplizierter und beschissener werden kann?
Gründe gibt es jedenfalls genug, um gestresst und gereizt zu sein.
»Nein Mama. Ich bin nicht böse auf dich und du hast gar nichts falsch gemacht. Ich bin nur noch immer erledigt von den letzten Tagen und deshalb auch etwas gereizt. Tut mir leid, dass ich gestern so überstürzt gefahren bin. Du weißt, das ist normalerweise nicht meine Art. Ich bin im Moment etwas überfordert mit der Situation um Stefan und Papa, aber das wird sich wieder legen. Es geht mir heute auch schon viel besser.« Peter versucht krampfhaft Erklärungen für sein Verhalten zu finden, von denen er sich erhofft, seine Mutter etwas beruhigen zu können.
»Ist schon in Ordnung, Peter! Das Wichtigste ist, dass es dir wieder gut gehen soll. Leider weiß ich nicht, wie ich dir helfen kann.« Margarethe überspielt ihre noch immer präsente Enttäuschung und auch etwas Misstrauen mit ihrer fürsorglichen Mutterrolle.
»Danke, das ist lieb von dir. Du kannst mir leider nicht helfen, da muss ich alleine durch. Außerdem hast du mir mit dem Geld schon sehr geholfen. Das macht es mir auch

viel einfacher.«

»Du meinst wir.«, sagt seine Mutter in einem bestimmenden Ton.

»Was meinst du?«

»Wir haben dir mit dem Geld geholfen.«, sagt sie noch einmal mit Nachdruck.

»Ja natürlich. Ich muss mich erst daran gewöhnen, dass Papa auch wieder etwas für mich tut.«

»Ich will dich ja nicht nur finanziell unterstützen. Ich möchte für dich da sein, aber das ist nun einmal sehr schwer, wenn du so weit weg bist.«

»Mama, bitte fang nicht wieder damit an. Ich werde nie wieder nach Bad Eisenkappel ziehen.«, sagt Peter mit genervter Stimme.

»Ja ich weiß, aber du musst doch nicht gar so weit weg wohnen. Komm wenigstens in die Nähe nach Kärnten zurück, dann können wir uns öfters sehen. Du könntest dein Computerding auch hier aufmachen.«, fleht sie ihn beinahe an.

Es herrscht einige Sekunden eisernes Schweigen, in denen Peter ernsthaft darüber nachdenkt, ob er Frankenfels den Rücken zukehren will. Dann wäre er zumindest nicht ständig mit dem Unfall konfrontiert, an den er jedes Mal denken wird, wenn er in sein Auto steigt.

»Warum nicht? Das ist eine Überlegung wert. Ich glaube mittlerweile sowieso nicht mehr daran, dass das Geschäftsmodell in Frankenfels gut laufen wird. Momentan ist es noch nicht der richtige Zeitpunkt, ich muss noch ein paar Sachen klären.« Peter zuckt zusammen und hofft, dass seine Mutter nicht näher

nachfragt, welche Sachen er zu klären hat, doch die ist von der neuen Nachricht so überwältigt, dass sie den letzten Satz gar nicht mehr wahrgenommen hat.
»Wirklich? Ist das dein Ernst?« Margarethe kann es gar nicht glauben. Vor Freude kullern ihr die Tränen an der Wange hinunter.
»Ja, aber bitte werde nicht wieder so euphorisch, damit machst du mir nur einen Stress.«, versucht Peter sie etwas einzubremsen und leitet damit das Ende des Gesprächs ein.
Beim Frühstück sitzend greift er den Gedanken noch einmal auf.

Ich finde immer mehr Gefallen daran, von Frankenfels zu verschwinden und wieder nach Kärnten zu ziehen. Es muss ja nicht direkt bei Bad Eisenkappel sein. Dann werde ich nicht ständig jemandem von früher begegnen und ich könnte noch einmal neu beginnen.
Hoffentlich zum letzten Mal!
Ich glaube, es würde Mama guttun, wenn sie mich öfters sehen kann.
Und mir vermutlich auch, nachdem ich das alles durchgestanden habe. Vielleicht freut sich sogar Papa darüber.
Ich muss es nur irgendwie Julia beibringen, sie muss auf jeden Fall mitkommen.
Das werde ich schon schaffen, am besten warte ich noch ein paar Tage ab, wenn sie wieder zurück ist und werde sie nicht sofort damit überfallen.

Peter blickt auf die braune, rustikale Wanduhr, die über

seinem kleinen alten Plasmafernseher hängt, auf welchem wieder einmal eine Tierdokumentation läuft. Es ist bereits kurz nach zwölf Uhr, als er den letzten Bissen seines Frühstücks hinunterschlingt. Peter geht gedanklich wieder und wieder die nächsten Schritte durch, die er noch zu erledigen hat, bevor er zur Ruine Aggstein fährt. Obwohl er sich sicher ist, keinen schwarzen Müllsack, den er für die Geldübergabe benötigt, zu Hause zu haben, durchsucht er trotzdem die Wohnung danach. Wie erwartet verläuft die Suche negativ. Während er sich seine Schlüssel schnappt und die Schuhe anzieht, überlegt Peter, wo er welche kaufen soll.

Auf keinen Fall in Frankenfels!

Selbst als er schon im Auto sitzt und die erste Abzweigung nach rechts fährt, weiß er noch immer nicht, wohin ihn sein Weg führen wird.
Nach einigen Metern im Ort fährt er bei einem Supermarkt einer Lebensmittelkette vorbei und beschließt die Säcke in der nächsten Filiale, die er sieht, zu kaufen. Peter fährt immer geradeaus dem Straßenverlauf nach. Nach knapp 15 Minuten passiert er die Ortstafel von St. Anton an der Jeßnitz. Eine kleine Ortschaft, wo er schließlich sein Ziel in einer Seitengasse findet. Da es Peter zu auffällig ist, nur die Müllsäcke zu kaufen, nimmt er einige Schokoriegel und Getränkeflaschen mit. Bei der Kassa sieht er in einem aufgebauten Zusatzregal externe Ladegeräte für Handy-

Akkus liegen, welche im Angebot sind. Dabei kommt ihm die Idee, dass er sich, nachdem er das Geld in den Müllcontainer gegeben hat, auf die Lauer legen und den Erpresser mit dem Handy filmen kann, um so den Spieß umzudrehen und einer möglichen weiteren Erpressung aus dem Weg zu gehen. Falls sein Handy-Akku, aus welchem Grund auch immer bis dahin leer wäre, könnte er ihn mit der Powerbank wieder bis zu fünf Mal aufladen.

Mittlerweile ist es 16 Uhr 30. Peter sitzt wie auf Nadeln auf der alten, ausgeleierten Couch. Er hält die Arme verschränkt und wippt mit seinem Oberkörper nach vor und zurück, während er alle paar Sekunden die Nase rümpft und in die Leere starrt. Das Handy und die Powerbank sind aufgeladen. Sein Rucksack ist mit vielen kleinen Snacks, zwei Flaschen Cola, einem kleinen Polster, einer dünnen Jacke, dem Müllsack mit dem Geld und eben der Powerbank randvoll gefüllt. Den Gedanken, ein Fernglas mitzunehmen, hat er wieder verworfen.

Mit einem für seine Verhältnisse gewaltigen Satz springt er auf, hängt sich den Rucksack um, geht zum Fenster, schiebt den Vorhang zur Seite und wirft mit leicht nach rechts gedrehtem Kopf einen kontrollierenden Blick zu seinem Auto hinunter, wo auch der Unfall passiert ist. Er verweilt noch einige Sekunden starrend beim Fenster, bevor er die Wohnung verlässt. Peter hält das Nichtstun nicht mehr aus. Abgesehen davon will er etwas früher bei der Ruine sein, um die Gegend auskundschaften zu können, wo er sich am besten für die Überwachung positionieren kann und ob es etwaige Fluchtwege gibt. Er hat sich zwar das Terrain über Google-Maps angesehen, doch vor Ort fällt Peter so etwas leichter.

Ich Idiot! Warum lege ich den Rucksack in meiner Hektik auf den Beifahrersitz. So ist er doch bei einer Polizeikontrolle sofort im Blick. Das ist nur ein unnötiges Risiko. Ich bleibe kurz beim Fußballplatz stehen und werde ihn hinter dem Sitz verstauen.

Als Peter wieder losfahren möchte, hört er plötzlich Stimmen. Er geht ein paar Schritte, schaut ums Eck und macht eine besorgniserregende Entdeckung.

Verdammt! Jetzt ist der Typ mit dem grausigen Leberfleck schon wieder da!
Was zur Hölle redet der mit dem Polizisten?
Es ist Markus!
Daneben steht noch ein Typ im Anzug und hält ein paar Zettel in der Hand. Der schaut mir wie ein Anwalt aus.
Es scheint ein intensives Gespräch zu sein, so wild wie die gestikulieren.
Ich höre nur Wortfetzen. Was könnten die nur diskutieren?
Der mit dem Leberfleck ist seit dem Zeitpunkt des Erpresserbriefs ständig in meiner Nähe und unterhält sich dazu auffallend oft mit Polizisten.
Verdammt! Vielleicht ist die Geldübergabe eine Falle und sie planen die Vorgehensweise meiner Festnahme!
Was soll ich nur tun?
Wenn ich nicht zu der Ruine fahre, kann ich auch nicht verhaftet werden.
Zumindest heute nicht. Die würden mich doch sowieso holen,

wenn die das wollen!
Es würde doch außerdem keinen Sinn ergeben, wenn der Brief von ihm ist und er mit der Polizei zusammenarbeitet, oder?
Ich weiß nicht mehr, was ich glauben soll und kann. Grundsätzliche habe ich ihn ja als Erpresser ausgeschlossen, trotzdem macht er mich nervös.
Wenn mich jemand anders erpresst, dann bin ich genauso erledigt, wenn ich das Geld nicht rechtzeitig in den Container werfe.
So gesehen bleibt mir gar keine andere Wahl, als die Aktion heute durchzuziehen.
Ich muss trotzdem so schnell wie möglich herausfinden, was der hier zu suchen hat.
Vielleicht sollte ich ihn das nächste Mal anreden, mich bei ihm vorstellen und versuchen, mich mit ihm anzufreunden?
Falls ich dann noch auf freiem Fuß bin.

Peter hat noch gut 15 Minuten mit dem Auto bis zu der Ruine vor sich. Während er die Donau entlang durch ein paar ländliche Ortschaften fährt, in denen teils pompöse Häuser stehen, versinkt er wieder in seinen Gedanken.

Ich bin gespannt, wie das heute ablaufen soll. Stelle ich mir das zu leicht vor, wenn ich mich einparke, das Geld in den Container schmeiße, mich dann irgendwo verstecke und abwarte, bis dieses verdammte Arschloch kommt?
Soll ich ihn dann nur filmen oder auch ansprechen und ihm damit zeigen, dass ich nicht nur ein Opfer bin!
Soll ich ihn attackieren?!
Die Frage ist nur, womit? Mit meinen Fäusten?

Ich habe ja überhaupt keine Erfahrungen mit so etwas und der Stärkste bin ich auch nicht.
Aber vielleicht wird es notwendig sein, wenn es zu einer Konfrontation kommen sollte.
Generell wüsste ich gar nicht, wie ich das am effektivsten anstellen und mich dabei Verhalten soll.
Das ist, glaube ich, doch keine gute Idee. Ich bleibe lieber in meinem Versteck, warte ab und hoffe, dass er mich nicht sieht.
Auch wenn ich diesen verdammten Bastard sehr gerne vermöbeln würde.

Schließlich biegt er rechts auf eine eher schmale, schlecht erhaltene Straße ab. Der Straßenverlauf führt ihn durch einen dichten Wald, der sich bei einer scharfen Linkskurve vorübergehend etwas lichtet. Unmittelbar nach dieser Kurve erblickt Peter den Parkplatz und die dahinter befindliche Ruine. Drei Sachen fallen ihm sofort auf. Es sind noch eine Menge Touristen unterwegs, es gibt anscheinend nur eine Straße, die hinauf und hinunterführt und er sieht keinen grünen Container, in dem er das Geld unterbringen könnte. Das überrascht Peter etwas. Er sitzt bei noch laufendem Motor im Auto und rümpft so heftig die Nase, dass sie ihn schmerzt. Dabei starrt er auf einen genervten Familienvater, der seine zwei kleinen, schreienden Kinder in den Kindersitz unterbringt und Mühe hat, sie anzuschnallen. Peter beschließt erst mal auszusteigen, um sich die Gegend genauer zu Fuß anzusehen. Nach einigen Metern findet er einen Schotterweg, der zu einem weiteren kleinen Parkplatz führt und in einer Sackgasse endet.

Weit und breit ist kein Container in Sicht. Rings herum sind nur Bäume und ein Wanderweg, der im Wald verschwindet. Das ist eher kein geeigneter Platz, um sich auf die Lauer zu legen. Ich hätte hier zwar die Option, in den Wald flüchten zu können, falls er mich entdeckt, aber bin hier nicht gut sichtgeschützt.
Was mache ich eigentlich, wenn er eine Waffe bei sich hat?
Ich muss mich definitiv gut verstecken, das möchte ich erst gar nicht herausfinden.

Peter geht wieder zurück an seinem Auto vorbei Richtung Ruine. Vor dem Eingang befindet sich ein kleiner Platz, auf dem etliche Touristen stehen. Links davon ist ein Abhang, der von einem Wald bedeckt ist. Rechts von dem Platz vor der Ruine ist ein kurzer Fußweg, an dem ein altes Haus steht. Peter vermutet, dass hier die Lebensmittel für das Restaurant, welches sich in der Ruine befindet, gelagert werden. Hinter jenem Haus befindet sich eine kleine freie Grünfläche, auf der Bauschutt liegt und auch der gesuchte grüne Container steht.
Peter atmet tief durch und ballt seine Hand zu einer Faust. Mit breitem Grinsen stapft er durch die kniehohe Wiese und bemerkt, dass ein weiterer Weg von dem Container hinter einer riesigen Naturfelswand verschwindet.

So etwas in der Art habe ich gesucht. Das ist nahezu perfekt. Von dort aus habe ich einen guten Blick auf den Container und

niemand wird mich sehen.
In meinem Rücken hätte ich den Wald, was eigentlich ganz gut ist, wenn es nicht so gruselig wäre.
Schnurstracks, nachdem ich das Geld in den Container geworfen habe, kann ich aber nicht hinter den Felsen verschwinden. Ich muss damit rechnen, beobachtet zu werden. Am besten wird es wohl sein, wenn ich nachschaue, ob der Wanderweg vom zweiten Parkplatz, den ich zuerst gesehen habe, obenherum führt und ich mich dann so leise wie möglich den kleinen Hang hinunter zu der Felswand rutschen lasse. Da geht es etwa drei Meter hinunter, das sollte sogar ich schaffen! Bleibt noch die Frage offen, wo ich mein Auto hinstelle. Jetzt ist kurz nach 18 Uhr, knapp zwei Stunden bleiben mir noch. Dann sollten hoffentlich auch die letzten Touristen verschwunden sein.

Peter fährt mit dem Auto noch einmal bis zu der Hauptstraße hinunter, um einen geeigneten Parkplatz zu finden und damit dem Erpresser keinen Hinweis auf seinen Verbleib zu liefern. Als er die Hoffnung fast aufgegeben hat, sieht er beim wieder Hinauffahren auf der linken Seite einen kleinen Forstweg. Peter fährt auf diesem eine halbe Minute entlang, bis er das Auto zwischen zwei Bäumen parkt. Er ist sich bewusst, dass diese Lösung nicht optimal ist, da es sehr weit von der Ruine entfernt und es zudem nicht legal ist, hier zu parken.
Nach etwa 45 Minuten Fußmarsch kommt er wieder auf dem Parkplatz der Ruine an und lässt sich erschöpft auf eine Sitzbank fallen. Der Weg hinauf hat ihm mehr zu

schaffen gemacht, als er dachte.

Es ist Punkt 19 Uhr, die Ruine schließt ihre Pforten und die letzten Gäste strömen heraus. Schade, dass ich mich nicht in der Ruine verstecken kann, von dort aus hätte ich einen absolut perfekten Ausblick auf das gesamte Gelände.

Peter beobachtet das Verhalten der Leute, während er seinen Rucksack mit der linken Hand immer fester umschlingt. Ihm fällt dabei wieder ein, dass er vorhin den Mann mit dem Leberfleck und den Polizisten gesehen hat.

Was ist, wenn sich Undercover-Polizisten als Touristen tarnen? Das ist doch gar nicht so unwahrscheinlich.
Die Paare mit Kindern kann ich ausschließen. Ich sollte mich eher auf die Männer konzentrieren, denn ich glaube generell nicht, dass für so etwas Frauen eingesetzt werden. Da drüben stehen zwei bei einem Auto, einer von denen telefoniert mit einem Handy. Der andere kramt im Kofferraum herum. Beide haben eine sportliche Statur. Das könnten durchaus welche sein.
Ob der Typ mit dem Leberfleck auch in der Nähe ist?
Nach und nach ergibt das für mich Sinn, was ich zuerst gehört habe. Er sprach davon bald keinen Job mehr zu haben, aber er das Problem vielleicht rechtzeitig in den Griff bekommen könnte, wenn er das Geld bekommt. So oder so ähnlich muss das gewesen sein! Er ist es! Er erpresst mich! Um was soll es denn sonst gegangen sein. Das passt doch wie die Faust aufs Auge.
Aber warum zum Teufel sollte er das einem Polizisten

erzählen?

Bevor Peter vor Nervosität vollständig verrückt wird, zwingt er sich, auf andere Gedanken zu kommen. Dabei fällt ihm ein, dass er beinahe vergessen hätte, sich den geplanten Weg zu der Felswand anzusehen. Er ist so aufgeregt, dass es ihm Schwierigkeiten bereitet, genügend Sauerstoff einzuatmen. Auch hat er in der letzten Stunde wieder vermehrt unbewusst die Nase gerümpft.

In 20 Minuten ist es so weit.
Ich habe alle Vorbereitungen getroffen, jetzt muss ich meine Pläne nur noch in die Tat umsetzen.

Mittlerweile befinden sich nur noch, soweit Peter sehen kann, eine Handvoll Menschen auf dem Areal. Die beiden Männer, die er zuerst verdächtigt hat, sind ebenfalls verschwunden. Peter vergewissert sich, ob ihn niemand beobachtet und nimmt mit seiner zittrigen rechten Hand den zusammen gefalteten Erpresserbrief aus der Hosentasche, um ihn noch einmal durchzulesen. Er möchte es unter allen Umständen vermeiden, einen Flüchtigkeitsfehler zu machen und die Anweisungen genau befolgen.

Die 20.000 Euro in dem schwarzen Müllsack habe ich. Schade, dass ich das Geld jetzt nicht noch einmal zählen kann.
Freitag um 20 Uhr. Das passt, es ist drei Minuten vor.
Das Geld in den grünen Container legen.
Der ist lustig, wie soll das denn gehen? Der ist ähnlich hoch

wie der Zaun bei dem Autohändler. Wie soll ich verdammt noch mal das Geld da hineinlegen? Ich kann den Sack nur hineinwerfen, aber ich denke, das geht trotzdem klar und dann haltet sich dieses Arschloch hoffentlich an sein Versprechen und löscht die Fotos von seinem Handy und ich verschwinde für immer aus diesem Kaff.

Peter steht auf und schlendert, während er eine Melodie pfeift, den Weg zu der Schutthalde entlang. Er trotzt seinem inneren Zwang erstaunlich gut, sich ständig umzudrehen und in alle Richtungen zu schauen. Hinter der Hausmauer nimmt er beinahe geräuschlos den Sack mit dem Geld aus dem Rucksack heraus. Peters Herz pocht so stark, dass der Puls in seinem Ohr vibriert. Sein zwanghaftes Verhalten gewinnt schließlich wieder die Oberhand. Er dreht sich zwei Mal um die eigene Achse. Seine Augen schnellen von links nach rechts, von rechts nach links, hinauf und hinunter. Er muss sich sicher sein, nichts und niemanden übersehen zu haben, bevor er das Geld in den Container hineinwirft. Peter ist nur noch wenige Schritte entfernt, als er plötzlich einen unmenschlich schmerzenden Druck in seinem Kopf verspürt. Dieser überkommt ihn derart heftig, dass ihm die Beine wegsacken und er zu Boden fällt. Mit schmerzverzerrtem Blick kann sich Peter dank eines Adrenalinausstoßes wieder relativ rasch aufraffen. Sein Gesicht ist schweißgebadet und kreidebleich. Beim Container angekommen, lehnt er sich völlig energielos an und schaut noch einmal kurz durch die Gegend, ob ihm etwas verdächtig vorkommt. Peter sieht nichts

Außergewöhnliches, er ist sich jedoch nicht sicher, ob die Luft rein ist, da er einen leichten Schleier vor seinen Augen hat. Er atmet tief durch, versucht sich zu konzentrieren und wirft den schwarzen Müllsack mit einer unkoordinierten Armbewegung über die Kante des Containers. Danach wandelt er zum Ende des zweiten Parkplatzes, von wo er in den Wald verschwindet. Der Kampf mit seinem Gleichgewicht ist weiterhin voll im Gange. Er hat mehr Glück als Verstand, dass er nicht über die Wurzeln fällt oder auf den losen Steinen ausrutscht. Mit letzter Kraft erreicht er den Abhang und lässt sich wie ein nasser Sack hinunterfallen. Peter bleibt dort einige Minuten regungslos liegen, bevor er sich halbwegs aufrichten und den ersten Blick auf den Container erhaschen kann.

Das war definitiv nicht sein Plan. Er hatte viel zu lange keine Sicht auf das Geld und auch nicht im Entferntesten daran gedacht zu schauen, ob ihn jemand sieht, als er den Weg entlang zu seinem Versteck ging.

Während er in einem Zug einen halben Liter Cola trinkt, überlegt er, die ganze Aktion abzubrechen und nach Hause zu fahren. Schließlich besteht die Möglichkeit, dass das Geld schon geholt wurde und was ihm in diesem Moment noch viel mehr zu schaffen macht, er weiß nicht, wie und ob er die Nacht durchhält.

Inzwischen ist fast eine Stunde vergangen und erst jetzt bemerkt er die Abschürfungen an seinem Körper, die er sich beim Hinunterrutschen zugezogen hat. Außerdem schmerzen ihm bereits seine Knie so sehr, dass er öfters die Sitzposition wechseln muss und dabei unweigerlich,

wenn auch sehr leise Geräusche macht. Peter versucht, so gut es ihm gelingt, auf jedes Detail, auf jede kleinste Veränderung in der Umgebung zu achten. Seit er in seinem Versteck kauert, hat er weder einen Menschen gehört noch gesehen. Das aufregendste, das er zu sehen bekam, sind ein paar Vögel, die seit einer halben Stunde über der Ruine kreisen und zwei kleine Häschen, die wenige Meter vor ihm vorbei hoppelten.
Die Sonne verschwindet immer mehr gen Westen, langsam kühlt es ab und es kommen ihm wieder Zweifel, ob das Geld noch hier ist.

Verdammt, ich möchte die Nacht nicht hier unnötig verbringen! Wenn ich jetzt gehe, dann könnte ich es vielleicht noch bis zum Auto schaffen, bevor die Sonne gänzlich untergegangen ist.
Unter Umständen wartet er aber genau darauf. Ich bleibe lieber doch hier.
Wenigstens bin ich mit meiner Theorie, dass es sich um eine Falle handeln könnte, falsch gelegen. Sonst hätten die mich doch schon längst verhaftet, oder?

Peter zieht sich seine dünne graue Jacke an und legt sich den Polster unter sein Gesäß. Er nimmt sein Handy aus der Hosentasche, prüft den Akkustand und startet einen Probeversuch mit der Kamera. Kurz darauf folgt die Enttäuschung. Natürlich sieht er in der Dunkelheit auf dem Handy nichts, ohne dabei den Blitz einzuschalten, was ihn sofort enttarnen würde.

Das gibt es doch nicht! Ich habe den Abend sorgfältig

durchdacht und jetzt geht alles schief. Mir ist kalt, ich muss auf die Toilette und ich bin völlig ausgelaugt. Es ist weit und breit kein Mensch zu sehen, geschweige denn der Erpresser, den ich sowieso nicht filmen kann, falls er doch auftaucht. Ich sitze mit dem Rücken zum tiefschwarzen Wald. Was alles neben und auf mir kriecht, will ich erst gar nicht wissen und mein Auto steht mitten im Nirgendwo.

Auch die nächsten zwei Stunden verlaufen ereignislos. Wenigstens hat es entgegen dem Wetterbericht nicht zu regnen begonnen.

Jetzt ist es bereits Mitternacht, ich glaube, da kommt niemand mehr. Am liebsten würde ich zum Auto gehen, aber ich bin mir nicht sicher, ob ich das im Dunkeln überhaupt finde. Außerdem möchte ich jetzt nicht mehr durch den Wald gehen. Andererseits machen mich die Geräusche, die hinter mir zu hören sind, wahnsinnig. Wenn es nicht gerade raschelt, dann ruft der Uhu, das ist richtig gruselig. Wenigstens ist das Schreien von zuerst weg. Ich vermute, dass das zwei streunende Katzen waren.
Diese Nacht werde ich mit Sicherheit so schnell nicht vergessen. Ich muss mich irgendwie ablenken, sonst drehe ich noch durch. Habe ich mich zuerst zu sehr auf den Mann mit dem Leberfleck versteift? Wenn ich so darüber nachdenke, weiß ich doch gar nichts über ihn. Vielleicht arbeitet er wirklich als Autoverkäufer in St. Pölten und er ist mit dem Markus befreundet oder verwandt und er kennt dadurch den Polizisten von vorhin. Vielleicht ist er einfach nur ein freundlicher und hilfsbereiter Mensch und hat deshalb bei der Suche nach der Frau Hofbauer

geholfen. Ich glaube nicht, dass er mich erpresst. Das würde doch keinen Sinn ergeben.
Wer würde sonst noch infrage kommen?
Gibt es jemanden aus unserer Ortschaft, der für einen Schlüsseldienst arbeitet? So gesehen kann ich die Polizisten und Feuerwehrmänner auch nicht ausschließen. Verdammt, das gefällt mir gar nicht!
Naheliegend wäre es doch, wenn mich jemand aus meiner Wohnanlage gesehen hat, der sein Fenster in die Richtung meines Parkplatzes hat.
Das klingt doch auf jeden Fall plausibler als die Geschichte mit dem Leberfleck-Typ.
Ich werde die nächsten Tage verstärkt darauf achten, ob sich jemand mir gegenüber seltsam verhält. Ich muss herausfinden, wer das war!
Falls ich in den nächsten Tagen überhaupt dazu komme. Julia kommt schon heute nach Hause!

10 - Julia

Peter wacht durch das Läuten seines Handys auf. Er braucht zwei bis drei Sekunden, um zu realisieren, wo er sich befindet, was letzte Nacht geschah und wer Harald ist.

»Hallo Harald.«

»Guten Morgen Peter, ich weiß du hast heute noch frei, aber du musst so schnell wie möglich in die Arbeit kommen. Es hat sich für zehn Uhr eine größere Reisegruppe angekündigt. Die Maria ist leider krank geworden. Alleine schaffe ich das nicht!«

»Tut mir leid, das geht nicht. Ich habe zu tun.«

»Lass mich bitte nicht hängen! Sobald die wieder weiter fahren kannst du gehen und du bekommst den doppelten Stundenlohn.«

»Ähm, wenn es sein muss. Ich bin in eineinhalb Stunden da.«

»Peter! Das ist zu spät, du musst bitte sofort kommen. Ich brauche dich jetzt. Wir müssen noch einiges vorbereiten.«

»Schneller geht es leider nicht. Ich bin momentan nicht zu Hause und gerade erst aufgestanden.«

»Okay, dann muss ich den ersten Ansturm irgendwie selbst bewältigen.«

»Wie spät ist es eigentlich?«, fragt Peter mit einem verwirrten Unterton.

»Acht Uhr!«

»Dann geht es doch eh erst in zwei Stunden los.«, kontert

Peter, während er sich aufrichtet und sich an die Felswand anlehnt.
»Trotzdem, bitte beeile dich!«
»Mache ich. Bis dann.«

Das ist er einzige Mensch, den ich kenne, der noch hektischer und unruhiger ist als ich selbst. Wie kann man nur so schnell überfordert sein? Solche Menschen sind als Chef, noch dazu in einem Gastronomiebetrieb völlig fehl am Platz. Aber das ist ja zum Glück nicht mehr lange mein Problem.
Verdammt, ich muss irgendwann nach drei Uhr eingeschlafen sein. Die komplette Aktion war ziemlich unnötig, außer Schmerzen und Stress hat mir das gar nichts gebracht! So eine Nacht wünsche ich niemanden! Da weiß ich meine ausgeleierte Matratze wieder zu schätzen.

Peter packt seinen Rucksack zusammen und stellt sich seitlich hinter die Felswand, um den Container und die Umgebung zu inspizieren. Es ist wie gestern, das gewohnte Bild. Kein Mensch weit und breit, nur die Natur, die allmählich in den Tag startet.
Seine ersten Schritte sind wackelig und unsicher, das linke Knie schmerzt bei jeder Bewegung. Vor dem Container bleibt Peter stehen und überlegt, ob er hinauf klettern soll, um nachzusehen, ob sich das Geld noch darin befindet. Er schaut zu seinem lädierten Knie herab und beißt die Zähne zusammen. Sein Handicap scheint ihn aus Trotz enorm zu motivieren. Peter streckt seine Arme in die Höhe, springt in die Luft, greift an die obere

Kante und versucht sich mit all seiner Kraft hinauf zu ziehen. Selbst mit Hilfe der Füße, die er an die Seitenwand stemmt, schafft er es nicht, einen Blick in den Container zu erhaschen. Eine sportlich peinliche Vorstellung. Er rechtfertigt sich gedanklich vor sich selbst und schiebt es auf sein Knie und den Umstand der letzten Woche.

Auf der Rückseite des Containers findet er kleine Einbuchtungen, an denen er sich mit den Füßen besser abstützen kann. Mit einer plötzlichen, ungeahnten Leichtigkeit gelingt es ihm tatsächlich hinaufzuklettern.

Der schwarze Müllsack ist der einzige Gegenstand, der sich in dem riesigen Container befindet. Das wirft bei ihm die Frage auf, ob dieser Container einzig und allein nur des Geldes wegen hier steht, oder ob das ein Zufall ist.

»Heeey! Was machen Sie da?«, ruft jemand Peter aus der Ferne energisch zu.

Vor lauter Schreck wäre Peter beinahe von dem Container heruntergefallen. Ihm stockt der Atem, sein Mund ist leicht geöffnet, während er wieder vorsichtig auf den Boden hinuntersteigt.

Verdammt! Was will der von mir? Wer ist das?
Ist das der Erpresser? Was mache ich jetzt?

»Suchen Sie etwas?«, bohrt der Fremde nach.

Peter wird zusehends nervöser und unruhiger, als er bemerkt, dass der Mann auf ihn zugeht und etwa zwei Meter vor ihm stehen bleibt. Er bemerkt Peters kreidebleiches Gesicht und seine zittrigen Hände und

ändert seine Stimmlage daraufhin zu einem fürsorglicheren Ton.
»Geht es Ihnen gut? Sie sehen sehr blass aus. Brauchen Sie Hilfe?«
»Wer? Wer sind Sie?« Peter presst die Wörter mit krächzender Stimme heraus. Sein Herz rast wie wild und er ist, abgesehen von seinen Lippen und den zitternden Händen, völlig bewegungsunfähig.
»Mein Name ist Dominik. Ich leite die geschäftlichen Belange der Ruine Aggstein.«
Peter starrt den Mann weiterhin an, ohne dabei eine Regung zu zeigen.
»Kommen Sie mit mir mit, setzen Sie sich kurz nieder und ich bringe Ihnen ein Glas Wasser.« Dominik nimmt Peter dabei am Arm und zerrt ihn Richtung Ruine.
Peter scheint sich langsam wieder zu sammeln. Sein Hirn gibt Entwarnung.
»Danke für die Hilfe. Das ist wirklich nett von Ihnen, aber ich muss jetzt los.«
»Wo wollen Sie denn in Ihrem Zustand hin? Sie sollten sich zuerst erholen.« Dominik zerrt dabei noch kräftiger an Peter.
»Nein, das ist wirklich nicht notwendig! Mir geht es wieder besser. Ich habe mich gestern Abend beim Wandern im Wald verirrt. Von der Ruine aus finde ich zu meinem Auto.«
Noch bevor Peter den Satz beendet hat, hat er sich von Dominiks Umklammerung gelöst und sich einen guten Meter von ihm entfernt.
Peter macht noch zwei, drei schnellere Schritte, bevor er

sich umdreht, um sich noch einmal mit einem gequälten Lächeln und einem leichten Knicks zu bedanken.

Verdammt, das war ja knapp! Ich dachte schon, der lässt mich nie wieder los. So grimmig wie der im ersten Moment geschaut hat, dachte ich, der frisst mich gleich auf. Ich hoffe nur der kommt nicht auf dumme Gedanken und schaut ebenfalls in den Container hinein.
Andererseits wird er sowieso wissen, dass der Container leer ist oder besser gesagt leer sein sollte, wenn er der Geschäftsführer ist oder was er auch immer gesagt hat.
Sehr nett von ihm, dass er mir sofort helfen wollte.
Falls er mir nicht etwas vorgespielt hat und er wirklich der ist, für den er sich ausgegeben hat.

»Hallo Harald!«
»Endlich bist du da! Die Reisegruppe müsste jeden Moment
kommen. Ich habe mit dem Reiseführer ausgemacht, dass wir ihnen noch eine Kleinigkeit zu Essen anbieten. Kannst du mir die Brote schmieren, Wurst schneiden und anrichten?«

Wie bitte? Was hat der die letzten zwei Stunden gemacht? Nasegebohrt?

»Ja mache ich.« Peter unterdrückt seine Wut.
»Ach ja, das hätte ich fast vergessen. Die wollen sich nachher das Bergbauernmuseum anschauen. Ich habe ihm versprochen, dass du die Führung machen wirst. Du kannst das einfach am besten und außerdem kommt die

Reisegruppe aus Kärnten, da bist du sicher gleich mit ihnen auf einer Wellenlänge.«

Ich kann das am besten? Ich glaube, ich spinn! Das sind hauptsächlich Fotos und Geräte von deiner Familie! Du bist doch mit dem ganzen Zeugs aufgewachsen! Du weißt genau, dass ich es hasse, vor mehreren Menschen zu sprechen. Dein albernes Museum interessiert doch sowieso niemanden.
Was für eine bescheuerte Idee. Ein Bergbauernmuseum direkt neben einem Buschenschank!

»Aha das auch noch. Ich weiß aber nicht, ob sich das noch ausgehen wird. Meine Freundin kommt heute zurück.«
»Du hast eine Freundin?«, antwortet Harald überrascht.
Peter ignoriert diese Frage, da er sich provoziert fühlt und sich bezüglich Julia auf keine Diskussion einlassen möchte.
»Weißt du, von woher aus Kärnten der Reisebus kommt?«
»Das war irgendetwas mit Burg. Wolfsburg, glaube ich.«
»Du meinst Wolfsberg! Wolfsburg liegt in Deutschland.« Entgegnet ihm Peter mit einem hämischen Ton, sodass ihn Harald mit aufgerissenen Augen verwundert anschaut.
Peter zuckt daraufhin mit den Achseln, rümpft die Nase, dreht sich um und geht in die Küche, um das Essen vorzubereiten.

Wegen der paar Euros lasse ich mich wieder von dem Schwachsinnigen herumkommandieren. Bald kann er sich den ganzen Scheiß selbst machen!

Er ist ja grundsätzlich ein netter Kerl und ich kann oft über seine Arbeitsmoral hinwegschauen, aber heute ist es mir echt zu viel.
Ich bin zum Glück schon so gut wie weg. Die Sache mit dem Geld ist erledigt. Julia wird mit dem Umzug sicher einverstanden sein, sie redet ja sowieso schon seit einiger Zeit über eine gemeinsame größere Wohnung. Vielleicht finde ich sogar ein schönes und günstiges Haus für uns.

Die Kärntner Reisegruppe von 15 Personen, vorwiegend alte Leute um die 70 Jahre, ist eingetroffen. Peter nimmt sofort die Getränkewünsche der Gäste entgegen. Zwischendurch versucht er vergeblich Harald zu finden, damit dieser ihn unterstützen kann.

Wahrscheinlich sitzt er wieder einmal in seinem Weinkeller und kostet sich durch. Das macht er besonders gerne, wenn sich ein großer Gästeansturm ankündigt. Ich frage mich, was er in Zukunft macht, wenn ich nicht mehr da bin.

Peter wird von dem Reiseleiter beinahe angefleht, sich beim Essen zu ihnen an den Tisch zu setzen, um ein paar Geschichten über die Entstehung der Gaststätte und dem Museum zu erzählen. Die Gruppe hat an seiner schüchternen, freundlichen Art und natürlich dem Kärntner Dialekt Gefallen gefunden. Widerwillig gibt er dem Wunsch nach.
Peter ist momentan alles andere als in Stimmung, sich mit einem Haufen alter, fremder Menschen zu unterhalten. Er schaut auffallend oft auf sein Handy, um einerseits nachzuschauen, wie spät es ist und andererseits zu

überprüfen, ob er den erwarteten Anruf von Julia verpasst hat.
Nachdem die Dame neben ihm den letzten Bissen Brot hinuntergeschluckt hat, kassiert Peter umgehend ab und leitet die Gruppe zum angrenzenden Bergbauernmuseum. Das Museum befindet sich auf zwei Etagen in einem alten Holzhaus. Es ist schlicht gehalten und auf das Wesentliche reduziert. Im Erdgeschoss ist das Leben von damals anhand von Puppen dargestellt. Harald hat etliche Möbel seiner Familie ausgestellt. In den diversen Zimmern befinden sich kleine Holzbetten mit darunter stehenden Nachttöpfen. Ein alter Kachelofen, ein schmaler Holztisch, auf dem eine Petroleumlampe und eine Strickmaschine aus dem 19. Jahrhundert stehen. An den Wänden finden sich jede Menge Familienfotos, christliche Bilder und Kreuze wieder.
Wie bei jeder Führung streicht die getigerte Hauskatze um Peters Beine und buhlt um seine Aufmerksamkeit.
Über eine alte Treppe, die außerordentlich laut knarrt, erreichen sie schließlich das Dachgeschoss. Die Lichtverhältnisse werden mit jeder Stufe schlechter, da es oben keine Fenster gibt.
»Hier wird es aber sehr dunkel.«, beklagt sich der Reiseführer bei Peter.
»Richtig erkannt, bitte passen Sie genau auf, wo sie hintreten.«, antwortet er sarkastisch.
Nicht nur, dass es im Obergeschoss gefühlt 20 Grad mehr hat als unten, herrscht hier auch ein beißender, vermoderter Geruch. In diesem Stock befinden sich die

damaligen Geräte der Landwirtschaft. An den Wänden hängen Hunderte von Werkzeugen wie Spitzhacken, verschiedene Arten von Sägen und Bohrer, Hobel, Feilen, Hammer, Zangen und Schafscheren. Viele der Werkzeuge sind stark vom Rost befallen. Peter erwähnt immer wieder gerne, dass ihm einige dieser Werkzeuge wie die Flachsriffel unheimlich sind und einem Folterwerkzeug gleichen.

»Auch von diesem Gerät gibt es verschiedene Ausführungen, mal größer, mal kleiner. Meistens ragen unzählige spitze Eisenstangen aus einem Holzbrett oder einer Eisenplatte heraus, die wie ein Kamm geformt sind. Durch diesen Kamm wurden die Pflanzen gezogen, um die Samenkapseln von den Stängeln zu trennen.«

Die älteren Herrschaften hören Peter, der seine Sätze äußerst gelangweilt vorträgt, kaum zu. Einige kennen sich sowieso besser aus und anderen wiederum ist das Tempo zu schnell.

Nach der enttäuschenden Führung verabschieden sich die Gäste aus Kärnten flott in Richtung Reisebus. Peters Ärger über Harald ist ins Unermessliche gestiegen, da von ihm nach wie vor nichts zu sehen ist. Sein Drang, nach Hause zu gehen, wird nur durch die noch ausstehende Bezahlung gebremst. Er läutet beim Privathaus an, welches sich ebenfalls auf dem Gelände befindet. Mit breitem Grinsen öffnet ihm Maria, die Frau von Harald, die Tür.

»Hallo, ich dachte, du bist krank?« In diesem Moment wird ihm bewusst, dass er von Harald angelogen und ausgenutzt wurde. Peters Gesicht wird in der Sekunde

knallrot vor Wut.
»Krank? Nein, mir geht es gut.« Grinst sie weiterhin.
Peter schüttelt den Kopf und rümpft die Nase.
»Weißt du, wo Harald ist?«
»Nein, tut mir leid, das weiß ich nicht. Ich war den ganzen Tag über beschäftigt und habe ihn seit der Früh nicht gesehen.«
Peter dreht sich wortlos um. Am liebsten hätte er seinem Ärger Luft gemacht, doch er vermutet, dass sie die Wahrheit sagt und gar nichts von Haralds mieser Aktion wusste. Nachdem Peter seinen Chef auch im Weinkeller nicht finden kann, gibt er die Suche schließlich auf und fährt wutentbrannt nach Hause.

Peter sperrt die Wohnungstür auf und sieht zu seiner Überraschung Julia im Badezimmer stehen.
»Hey, was machst du denn da? Ich habe dein Auto gar nicht gesehen.« Peter wird ohne Antwort mit einer starken Umarmung von Julia empfangen.
Sie ist mit ihren 1,70 Meter genauso groß wie Peter, hat jedoch eine sehr sportliche Statur. Ihr rotes Haar zu einem perfekten Zopf gebunden und sie trägt neuerdings, was Peter sofort auffällt, zwei Ohrstecker, die perfekt zu ihren eisblauen Augen passen.
»Endlich bist du wieder bei mir, ich habe dich sehr vermisst.« Peter zeigt sich ungewohnt, auffallend emotional.
»Ich habe dich auch vermisst. So wie es aussieht, hast du mich jetzt länger an der Backe.«
»Warum denn das? Ich dachte, du möchtest noch einige

Jahre im Ausland Erfahrungen sammeln?«

»Es gibt in Österreich zwei neue Projekte, die ich ganz interessant finde und bei denen ich genauso gut meinen Gerechtigkeitssinn ausleben kann. Ich muss das noch mit meinem Chef besprechen.«, antwortet sie mit einem zwinkernden Lächeln.

Peters Mundwinkel heben sich ebenfalls zum ersten Mal an diesem Tag.

Die Freude weicht jedoch schnell seiner Skepsis.

»Woher kommt der plötzliche Sinneswandel? Du wolltest doch immer so viel wie möglich von der Welt sehen. Ist etwas passiert?«, fragt Peter stutzig nach.

»Nein, es ist alles in Ordnung.«

Peter nimmt ihr die Antwort nicht ab.

»Hmm doch es ist etwas passiert, aber das erzähle ich dir später. Jetzt sag du mir doch erst einmal, wie es dir geht und was du die letzten Wochen getrieben hast. Du siehst richtig erledigt aus. Hast du in meiner Abwesenheit überhaupt geschlafen?«, wechselt Julia schnell das Thema.

»Ach, da gibt es nicht viel zu erzählen. Ich habe mal dies und mal das gemacht.« Peter will ebenfalls ausweichen, doch Julia bleibt hartnäckiger.

»Was heißt mal dies und mal das? Und woher hast du all die Abschürfungen?«, fragt sie mit dominanter Stimme.

»Ich bin beim Wandern gestürzt.«, sagt Peter in einem selbst für ihn unglaubwürdigen Ton.

»Du warst wandern? Das kannst du jemand anderen erzählen.«

»Nicht direkt wandern. Es hat eine große Suchaktion

gegeben, weil die Frau Hofbauer spurlos verschwunden ist. Du kennst sie doch auch vom Sehen, oder?«

»Ja, ich konnte das alte Weib nie besonders leiden.«

Peter fragt sich, warum Julia in der Vergangenheitsform über Frau Hofbauer spricht. Sie kann doch gar nicht wissen, dass sie tot ist.

»Bei der Suche bin ich gestolpert und einen Abhang hinuntergestürzt. Leider haben wir weder sie noch sonst irgendeinen Hinweis gefunden, der uns weiterhelfen konnte.«

»Oje, du Armer. Hast du dich stärker verletzt?«

»Nein, ansonsten bin ich topfit.« Peter versucht seinen körperlichen Zustand übertrieben zu überspielen.

»Wie lange ist ihr Verschwinden her?«

Peter gibt vor, ernsthaft nachzudenken.

»Lass mich überlegen. Ich glaube, die Suche war am Dienstag und was ich so gehört habe, ist sie Sonntagabend als vermisst gemeldet worden.«

»Das sind jetzt sechs Tage, dann wird man sie auch nicht mehr lebend finden, oder was meinst du?«, fragt ihn Julia direkt und völlig ungeniert.

»Nein vermutlich nicht. Da hast du recht.«, antwortet Peter mit leiser Stimme, während er seinen Kopf senkt.

Als ihm die Stille nach wenigen Sekunden zu unangenehm wird, platzt es plötzlich aus Peter heraus.

»Stefan ist tot!«

»Oh mein Gott! Was ist passiert? Warum hast du mir das nicht schon längst am Telefon erzählt? Dann wäre ich doch schon früher zurückgekommen.« Julia ist echauffiert und wäre Peter gerne eher beigestanden.

Sie kannte Stefan lediglich von Peters Erzählungen, empfand ihn allerdings als sehr sympathischen Menschen.
»Die Mama hat mehr oder minder gesagt, dass er sich umgebracht hat und schon seit längerem mit psychischen Problemen zu kämpfen hatte.«
Julia nimmt ihn in den Arm und streichelt seinen Hinterkopf.
»Das ist furchtbar, tut mir leid, mein Schatz. Kann ich dir irgendwie helfen?« Sie ist sich bewusst, dass das nur wie eine hohle Floskel ankommt, auch wenn es ernst gemeint ist.
»Nein danke, das ist lieb von dir. Ich wüsste nicht wie.«
Peter überlegt für einen Augenblick, ob er die Gelegenheit beim Schopf packen soll und ihr von seinem Plan, wieder nach Kärnten zu ziehen, berichten soll. Doch bevor er eine Entscheidung getroffen hat, ergreift Julia das Wort.
»Das Begräbnis ist schon gewesen, oder?«, fragt sie ihn mit vorsichtiger Stimme.
»Ja. Am Montag. Es war furchtbar, wie ein Begräbnis halt so ist.«
»Inwiefern hat er psychische Probleme gehabt?«, hakt Julia noch einmal nach.
»Das hat die Mama nicht genauer erzählt. Sie weiß es selbst nicht genau. Stefan hat sich immer mehr zurückgezogen. Vielleicht war er generell mit der Welt überfordert. Ich möchte jetzt auch nicht mehr so viel darüber nachdenken und reden.«

»Tut mir leid. Das war sicher eine schreckliche Zeit. Jetzt bin ich wieder hier und kümmere mich um dich.«

Ob sie das auch noch sagen würde, wenn sie nicht nur die Hälfte von dem Erlebten in ihrer Abwesenheit wüsste.

»Danke.« Peter atmet tief durch und drückt ihr einen Schmatz auf die Stirn.
»Jetzt erzähl mir du von deiner Reise. Wie war es am Nordpol? Was ist dort passiert?«
»Ich war nicht am Nordpol, sondern in Namibia! Ich habe dir doch schon vorher erzählt, dass wir die Robben in Namibia vor den Wilderern schützen wollen.« Julia verdreht dabei ihre Augen.
»Ja, ja, ich kann mich erinnern. Ich dachte nur, du hast mich veräppelt. Seit wann gibt es in Afrika Robben? Sind die nicht nur in kalten Regionen.« Peter versucht sich zu rechtfertigen.
»Momentan ist es dort Winter und da kann es in der Nacht an der Atlantikküste durchaus gefrieren. Unter Tags hat es angenehme 20-25 Grad. Der Atlantik selbst erreicht kaum 15 Grad.«
»Wow interessant. Das wusste ich gar nicht.«, erstaunt fährt Peter fort.
»Habt ihr die Robben beschützen können?«
»Die Sache ist etwas aus dem Ruder gelaufen und ich möchte dich nicht mit den Details belasten.«
»Was soll das heißen? Aus dem Ruder gelaufen?«
Julia zögert einen Moment.
»Erzähl schon!« Peter richtet seinen Oberkörper auf.

»Wir waren eine Gruppe von etwa 20 Leute und wollten, wie gesagt die Robben vor den Wilderern, die jedes Jahr mehrere Zehntausend Robben brutal abschlachten, schützen. Zuerst wollten wir natürlich mit ihnen reden. Ihnen unsere Sicht der Dinge erzählen und sie darüber aufklären. Doch es dauerte keine fünf Minuten, bis sie über uns und auch über die Robben hergefallen sind. Daraufhin sind wir so schnell wie möglich in unser Lager geflüchtet. Trotzdem hatten wir drei Schwerverletzte und einige Leichtverletzte zu beklagen.«

Peter sitzt fassungslos mit offenem Mund und starrt sie an.

»Das darf doch nicht wahr sein! Ist dir auch etwas passiert?«

»Nein zum Glück nicht.«

Peter schnauft durch.

»Aber das kann doch nicht alles gewesen sein, da war doch noch mehr, oder?«

»Wir sind am nächsten Tag wieder zurück an den Strand und versuchten es erneut mit einer Aussprache. Die Situation schaukelte sich abermals hoch. Daraufhin haben wir diese Arschlöcher mit Buttersäure und Leuchtraketen beschossen.«

Peter schaut entsetzt.

»Wie bitte? Seid ihr vollkommen wahnsinnig? Ihr könnt doch keinen Krieg gegen solche brutalen Idioten führen!«

»Da ist noch mehr passiert.«, fährt Julia unbeirrt fort, ohne auf Peter zu reagieren.

»Wir wollten natürlich niemanden ernsthaft verletzen. Jeder schrie herum, es herrschte das pure Chaos. Im Eifer des Gefechts habe ich einen von denen aus kurzer Entfernung mit einer Leuchtrakete auf den Kopf getroffen. Er stand daraufhin schwer benommen auf und hat sich sofort auf mich gestürzt. Er lag auf mir, seine Hände hatten meinen Hals umschlungen und sein Blut tropfte in mein Gesicht. Ich war in Panik und ergriff einen neben mir liegenden Gegenstand, mit dem ich mehrmals auf seinen Kopf einschlug. Ich war wie von Sinnen. Irgendwann spürte ich, wie seine Hände, die noch immer meinen Hals berührten, an Kraft verloren. Ich glaube, dass ich danach noch ein paar Mal mit dem Stein auf ihn eingeschlagen habe. Ich bin mir nicht mehr sicher. Ein Kollege, der mich dabei gesehen hat, half mir aufzustehen und wir rannten um unser Leben. Zwei von uns schafften es gar nicht mehr in das Lager zurück. Wir wissen bis heute nicht, was mit ihnen passiert ist oder ob sie überhaupt noch leben. Durch die guten Kontakte unseres Teamleiters und der Tatsache, dass einige Menschen in Namibia die deutsche Sprache beherrschen, konnten wir sofort ausreisen. Wir bekamen einen Flug nach Südafrika, wo wir uns bis gestern aufhielten.«

Peter starrt sie einige Sekunden schockiert an. Er ist sich einen Moment lange nicht sicher, ob sie ihn nur verarschen will oder ob sie das eben ernst gemeint hat.

»Ich weiß gar nicht, was ich sagen soll. So kenn ich dich gar nicht. Weißt du, ob du diesen Mann getötet hast?«

»Davon gehe ich aus.«, sagt sie, ohne mit der Wimper zu zucken.

»Ich fasse es nicht, dass dich das so kalt lässt!«

»Ich glaube, ich muss dir einmal erklären, wie das Ganze

dort und auch sonst in einigen Ländern, wie zum Beispiel in Kanada, abläuft. Die Robben, darunter viele Jungtiere, werden an den Stränden eingekreist und mit einem Knüppel, an dessen Ende ein Metalldorn sitzt, erschlagen. Eine nach der anderen, Tag für Tag mehrere Zehntausend. Der Strand und das Meer sind danach rot getränkt. Willst du wissen, was dann passiert? Es kommt ein Bulldozer, um die Leichen und das Blut zu beseitigen, bevor die Touristen der westlichen Welt an den Strand kommen. Das ist eine verlogene Scheißwelt, in der wir leben!«

Peter schüttelt immer wieder seinen Kopf, als wolle er damit das eben gehörte, wieder loswerden.

»Das musst du dir einmal vorstellen! Mach deine Augen zu und stelle dir das bildlich vor! Die lauten Schreie der armen Babyrobben und dann sag mir nicht, dass du keine Aggressionen denen gegenüber empfindest und ihnen das Gleiche antun möchtest. Ich habe absolut kein Mitleid mit so jemanden und ich würde es wieder tun!«

»Ich, ich weiß nicht, was ich sagen soll. Ja, ich kann dich verstehen und es ist dramatisch. Aber jemanden umzubringen ist doch etwas ganz anderes.«

Peter vergisst in diesem Moment, dass er selbst einiges auf dem Kerbholz hat.

»Weißt du, wozu das alles? Das Fell und die Speckschicht dienen zur Herstellung von Mänteln und Schönheitsprodukten. Als ob es keine anderen Möglichkeiten gäbe! Das Perverseste ist aber, dass den männlichen Robben die Geschlechtsteile entfernt werden und danach vorwiegend in Asien als Aphrodisiakum

verkauft werden! Die Menschen sind total unaufgeklärt oder einfach nur krank!« Julia hat sich derart in Rage gesprochen, dass ihr Kopf hochrot geworden ist. Auch Peters Gesichtsfarbe hat sich verändert, allerdings ins Gegenteil. Er sieht ziemlich blass aus.
»So! Jetzt kennst du den Grund, warum ich vorerst nicht mehr ins Ausland fahren werde. Mein Teamleiter hat den Bericht natürlich zu meinen Gunsten geändert. Ich denke nicht, dass ich mit Konsequenzen zu rechnen habe.«
»Ich weiß nicht, was ich sagen soll. Ich bin natürlich froh, dass dir nichts passiert ist, aber ich kann es einfach nicht glauben. Das klingt so surreal. Ganz anders als das, was ich täglich erlebe.«

Wobei ich letzte Woche auch nicht gerade ein langweiliges Leben hatte!

»Wie sieht es wegen dem Mord aus? Kann da noch etwas Strafrechtliches kommen?«, flüstert Peter so leise, dass Julia Mühe hat, ihn zu verstehen.
»Das bezweifle ich, darüber brauchst du dir keine Sorgen machen.«, antwortet sie selbstsicher.
Beide sitzen auf der Couch und tun sich schwer, die passenden Worte zu finden.
»Ich brauch jetzt einmal ein Glas Wasser. Möchtest du auch etwas aus der Küche?«
»Nimm mir bitte auch eines mit.«
Peter hat gar keinen Durst, sondern braucht nur einen kurzen Moment für sich alleine.

Das klingt alles so abenteuerlich und nicht greifbar für mich.

Dass sie manchmal impulsiv ist und unüberlegte Dinge tut, weiß ich ja, aber das ist doch etwas völlig anderes. Ich hätte Julia ein derart brutales Verhalten niemals zugetraut. Ich weiß nicht, wie und ob das unsere Zukunft beeinflussen wird.
Andererseits ist man in einer außergewöhnlichen Situation, noch dazu, wenn es anscheinend um ihr Leben ging, zu Sachen imstande, die man sonst nicht machen würde. Vielleicht kann dieses Erlebnis sogar noch gut für mich sein. Sie wird dadurch mehr Verständnis für die Geschichte mit Frau Hofbauer haben, falls ich es ihr jemals erzählen sollte. Immerhin hat sie mir gerade einen Mord gestanden!

»Hier dein Glas.«
»Danke. Lass uns jetzt von etwas anderen reden.«
»Das ist eine gute Idee.«, sagt Peter mit großer Erleichterung.
»Weißt du, was ich zuerst gesehen habe? Heute ist am Fußballplatz die Saisonabschlussfeier.«
»Ich werde dort sicher nicht hingehen!«, antwortet Peter selbstbewusst.
»Und warum nicht?« Kommt es wie aus der Pistole zurückgeschossen.
»Weil das doch wieder nur eine Selbstinszenierung vom Wolfang ist! Auf das habe ich keine Lust.«
»Von wem?«
»Wolfgang, unser Bürgermeister. Du kannst Fragen stellen!«
»Aso, der. Lass dir doch von dem selbstverliebten Komiker nicht die Laune verderben. Wir gehen gemeinsam hin und machen uns einen netten Abend zu

zweit.«

»Nein, ich bin nicht in Stimmung. Außerdem bin ich hundemüde.«

»Dann legst du dich jetzt noch ein paar Stunden hin und ruhst dich aus.«

»Aber«

»Kein aber und keine Widerrede. Das wird dir guttun und uns auf andere Gedanken bringen. Du solltest sowieso mehr unter die Leute gehen.«

Wieder einmal verlor Peter sehr schnell die Diskussion mit Julia. Er kann sich gar nicht mehr erinnern, wann er sich das letzte Mal durchgesetzt hat. Ehe er sich versieht, liegt er im Bett. Dennoch wird er kein Auge zudrücken.

Verdammt! Wie macht sie das nur?

Woher nimmt sie ihre Energie und warum mache ich schlussendlich dann doch das, was sie sagt.

Naja, meistens hat sie ja auch recht.

Manchmal frage ich mich, was sie an mir findet. Sie ist das komplette Gegenteil von mir. Sie ist sportlich, hübsch, selbstsicher, mutig, gesellig, ich könnte ewig weiter aufzählen. Vielleicht funktioniert es aber gerade deswegen? Gegensätze ziehen sich eben an.

Oder es ist ihr Drang, sich für Schwächere einzusetzen und ihnen, in diesem Fall mir, zu helfen.

11 – Die Feier

Als Julia und Peter am Abend beim Fußballplatz ankommen, sind bereits ein paar Hundert Menschen vor Ort. Mehrere Partyzelte wurden barrierefrei miteinander verbunden, sodass sie mehr als die Hälfte des Spielfeldes einnehmen. Die vorhandene Kantine würde nicht annähernd genug Platz bieten. Es ist eine eher kleine, heruntergekommene Sportanlage. Auf der einen länglichen Seite steht eine kleine überdachte Tribüne mit Sitzplätzen, von der der Verputz schon lange abgebröckelt ist. Auch die ursprüngliche Farbe der Sitze ist nur noch zu erahnen. Auf der anderen Seite befindet sich die Hauptstraße, welche unmittelbar an der Seitenlinie vorbeiführt und nur durch ein hohes Netz getrennt ist. Hinter den Toren gibt es lediglich eine holprige Wiese, die für Stehplätze genutzt wird. Dennoch ist der Sportplatz bei den Heimspielen stets gut besucht, oft sogar ausverkauft.

Wolfgang sponsert den Verein seit seinem 18. Geburtstag und ist mittlerweile auch Präsident des 1. Fc Frankenfels. So hat er sich schon in frühen Jahren eine Großzahl an Unterstützer und Wählerstimmen verschafft. Seit dem Wolfgang Bürgermeister geworden ist, wurde die Saisonabschlussfeier zum bedeutendsten Fest in der Gemeinde. Der damalige Kommandant der Freiwilligen Feuerwehr war rasend vor Wut, da die erste Abschlussfeier unter Wolfgangs Herrschaft an demselben

Wochenende wie das traditionelle Feuerwehrfest stattfand. Man munkelte, dass dies eine der zahlreichen gegenseitigen Racheaktionen zwischen Wolfgang und dem Kommandanten war. Dieser soll Gerüchten zufolge kurze Zeit davor Wolfgangs neuen Sportwagen in Brand gesteckt haben. Es gab dafür jedoch keine ausreichenden Beweise. Es wurde von Wolfgang auch nie eine Strafanzeige erstattet. Der Dorflegende nach war es unter anderem Claudia, die damals minderjährige Tochter des mittlerweile verstorbenen Kommandanten, die Wolfgang in der Hütte vergewaltigt haben soll. Zumindest trugen der Kommandant und Wolfgang etwa seit diesem Zeitpunkt eine etwa fünf Jahre andauernde Privatfehde aus, die von niemandem unbemerkt blieb. Da der Bürgermeister schon immer wusste, wie er die Leute mobilisieren kann, wurde das Feuerwehrfest damals zum ersten Mal ein Flop und ein großes Verlustgeschäft. Infolgedessen kam es zu einigen Protestaktionen seitens der Freiwilligen Feuerwehr bei den Heimspielen des 1. Fc Frankenfels. Die Stimmung kippte mehrmals und die zwei Lager attackierten sich teilweise mit Fäusten. Das war für Wolfgang ein gefundenes Fressen. Er erschuf die Spendengala und war damit wieder einmal in der Öffentlichkeit als großer Sieger, Friedensstifter und Sympathieträger dagestanden. Das gespendete Geld wird für verschiedene Wohltätigkeitszwecke innerhalb der Gemeinde eingesetzt. Die genaue Aufschlüsselung bestimmt und kennt vermutlich nur Wolfgang. Es ist auch anzunehmen, dass die Freiwillige Feuerwehr, die seitdem ihr Fest erst Anfang September organisiert, einen

Teil des Kuchens zur Entschädigung bekommt. Was sich wiederum für Wolfgang schon lange rentiert hat, da er damit eine Abhängigkeit ihm gegenüber geschaffen hat und sich auch nicht scheut, diese auszunutzen. Wolfgang hat einen überaus guten Weitblick und Ambitionen, die politische Karriereleiter noch wesentlich höher zu erklimmen.
Heute, sieben Jahre später, redet freilich kaum jemand mehr über die hoch brisante Geschichte von früher.

Unmittelbar nach dem Zelteingang werden die Coupons für die Speisen und Getränke verkauft. Julia und Peter haben bereits zu Hause Abend gegessen, da von Peters Großeinkauf noch mehr als genügend im Kühlschrank war. Bei der Wahl des Getränkes hat sich Julia über Peter hinweggesetzt und für beide eine große Flasche Mineralwasser ohne Kohlensäure genommen.

Wenigstens darf ich mir den Tisch aussuchen.

Sie landen an einem kleinen Tisch, der am Ende des Zeltes steht. So fühlt er sich bei einer Menschenmasse noch am wohlsten, wenn er etwas abseits sitzen kann und die anderen im Blick hat. Ihm fällt schnell auf, dass viele der Gäste bereits jetzt schon, seiner Meinung nach, zu viel Alkohol konsumiert haben und in bester Feierlaune sind. Peter ist äußerst nervös und unruhig, was zu seinem Erstaunen eher an Julias Gegenwart und nicht an den Erlebnissen der letzten Tage liegt. Er ist nach wie vor von ihren Erzählungen irritiert und weiß nicht so recht, wie er das bewerten und einordnen soll.

Seine Gedanken werden von einer hübschen, aber übertrieben aufgetakelten jungen Frau unterbrochen. Es ist Sara, die 18-jährige Stieftochter von Wolfgang, die vor Peter steht und ihm mit ihren weiblichen Reizen die Tombola-Lose schmackhaft macht. Peter rümpft nervös seine Nase, bevor er mit leiser Stimme antwortet, dass er gerne vier Lose kaufen möchte. Sara beugt sich zu ihm nach vorne, sodass er gar keine andere Wahl hat, als in ihr großes Dekolleté zu schauen und fragt ihn mit einem verführerischen Lächeln, ob er vier oder acht Lose gesagt hat. Sie ist mit ihren Lippen so nah bei ihm, dass er ihren Atemzug an seinem Ohr und Hals spüren kann. Peter stockt der Atem. Er kann sich nicht erinnern, dass ihm jemals eine fremde Frau so nah gekommen ist. Es dauert eine gefühlte Ewigkeit, bis er ihr antworten kann, dass er gerne acht Lose kaufen möchte. Zufrieden kassiert Sara die 40 Euro und verabschiedet sich mit einem Augenzwinkern zum nächsten Tisch. Wenn man genau hinsieht, kann man kleine Schweißperlen an Peters Stirn erkennen. Es war eine äußerst unangenehme Situation für ihn, auch wenn es ihm insgeheim doch gefallen hat. Ohne Julia anzusehen, legt er ihr vier Lose auf den Tisch.

»Hier, die sind für dich mein Schatz.«

Nach einer Weile bemerkt auch Peter ihren erzürnten Blick.

»Bist du böse auf mich? Ich habe doch nichts getan. Was kann ich dafür, wenn die sich so verhält?« Peter versucht sich zu rechtfertigen, obwohl er seiner Meinung nach gar keinen Grund dafür hat.

»Außerdem hast du nicht vor einiger Zeit gesagt, dass du

kein eifersüchtiger Mensch bist?«
»Ich bin auch nicht eifersüchtig! Ich bin kurz vorm Explodieren! Das war doch offensichtlich, dass die mit dir geflirtet hat, nur damit sie dir mehr Lose verkaufen kann!«
Der wenige Stolz, den Peter empfand, weil er dachte Julia ist seinetwegen eifersüchtig, verfliegt in Windeseile. »Findest du? Also bist du nicht eifersüchtig?«
»Nein bin ich nicht und ja, finde ich schon! Du wolltest doch zuerst nur vier Lose kaufen, warum sind es dann acht geworden?«
Bevor Peter eine Antwort geben kann, redet Julia in einem Atemzug weiter.
»Spar dir deine Ausreden! Sie findet Gefallen daran, mit Männern zu spielen. Das wird ihr noch auf den Kopf fallen! So eine billige Tussi!«
War das eine unterschwellige Drohung? Peter ist sich nicht sicher. Nicht mehr nach der Aktion in Namibia. Er senkt den Kopf und sagt daraufhin kein Wort.
Die beiden schweigen sich minutenlang gegenseitig an, bis er schließlich aufsteht, um eine der mobilen Toiletten vor dem Zelt aufzusuchen. Mit großem Ärger stellt er dabei fest, dass es davon viel zu wenige gibt. Die Warteschlangen scheinen endlos zu sein. Er beschließt daraufhin nachzusehen, ob die Kantine geöffnet hat, da es dort eine fixe Sanitäreinrichtung gibt. Normalerweise würde er sich das nicht trauen und sich brav in die Warteschlange stellen, doch auf diese für ihn schon fast anarchistische Art kann Peter die aufgestauten Emotionen von der Begegnung mit Sara und dem

anschließenden Gespräch mit Julia abbauen. Trotz seines heroischen Entschlusses tritt er zögerlich ein und rechnet mit einer Zurechtweisung, aber die bleibt aus. Es scheint niemand hier zu sein.

In dem Moment, als Peter sich nach seiner Erleichterung wieder hinausbegeben möchte, hört er plötzlich, wie die Eingangstüre der Kantine aufgeht und zwei Männer miteinander reden. Peters Puls schnellt in die Höhe. Er schleicht in die nächste Toilettenkabine, versperrt diese so leise er kann und steigt auf den hinunter geklappten Klodeckel. Die eine Stimme ordnet er eindeutig Wolfgang zu, die andere kann er nicht identifizieren. Anfangs kann er sich aus der Konversation keinen Reim bilden, da er nur undeutlich vereinzelte Wörter versteht. Doch recht bald wird das Gespräch lauter und vor allem in der Tonart gravierend ruppiger. Er hört, wie Wolfgang der anderen Person sehr nachdrücklich nahelegt, die Suche und die Ermittlungen im Fall von Frau Hofbauer einzustellen. Er argumentiert, dass das Verschwinden immer mehr Unruhe in die Gemeinde bringt, je länger es keinen Erfolg gibt und man damit abschließen sollte. Die Antwort des Gegenübers kann Peter akustisch wieder nicht wahrnehmen, weil das Gesprochene so klang, als würde er sich dabei auf die Zähne beißen. Kurz darauf nimmt Peter wahr, wie die Eingangstüre der Kantine aufgerissen und heftig zugeschmissen wird. Als er schon aus der Toilette herausgehen will, hört er Schritte auf und abgehen. Dazu ein undeutliches Murmeln, kombiniert mit einem gelegentlichen Fluchen.

Verdammt! Wie lange bleibt der Typ jetzt noch hier? Ich muss wieder zu Julia zurück.
Mich macht die Art und Weise, wie es Wolfgang gesagt hat stutziger als die Tatsache, dass er es überhaupt gesagt hat. Es klang absolut nicht wie ein Ratschlag oder gar eine Bitte. Da war eine aggressive, bösartige Art dahinter, die einem einen kalten Schauer über den Rücken laufen lässt. Eine unterschwellige Machtdemonstration, die sagt, mit mir legst du dich besser nicht an!
Als hätte er sie getötet und verschwinden lassen.
Was soll dieses Theater?
Ich hoffe nur der verschwindet bald. Julias Laune wird sich bestimmt nicht gebessert haben, nachdem ich jetzt schon etwas länger weg bin.

Julia steht bereits wartend beim Eingang des Zeltes.
»Wo bist du denn so lange gewesen?«, fragt Julia in einem genervten Ton und verdreht dabei ihre Augen, so gut sie kann.
»Es tut mir leid, aber da draußen vor den Toiletten steht eine kilometerlange Warteschlange.« Peter versucht mit einer übertriebenen Armbewegung etwas Lockerheit in die angespannte Lage zu bringen, was jedoch kläglich scheitert.
»Warum stehst du überhaupt hier?«, fragt Peter verwundert.
»Weil sich in deiner Abwesenheit andere zu mir dazu gesetzt haben. Wir haben uns zwar gut unterhalten, aber für dich wäre kein Platz mehr gewesen. Außerdem weiß ich ja, dass dir das sowieso nicht gefallen hätte. Den

nächsten Tisch suche übrigens ich aus!«

Peter ist von der schroffen Antwort verärgert und eingeschüchtert zugleich. Er traut sich ihr nicht zu widersprechen. Während Julia auf der Suche nach einem neuen Platz ist und Peter hinterher trottet, betritt Wolfgang die große aufgebaute Bühne am Ende des Zeltes. Es dauert keine fünf Sekunden, bis aus dem lauten Gegröle eine Totenstille wird. Wolfgang wirkt bei diesem Licht auf der Bühne noch imposanter, als er es mit seinen 1,93 Meter ohnehin schon ist. Er hat sich wie immer bei solchen Auftritten ordentlich herausgeputzt. Sein kurzes schwarz-gräuliches Haar ist mit Gel in Position gebracht, sein Dreitagebart gepflegt und die Farbe seiner Rolex ist perfekt mit der des Maßanzuges abgestimmt. Wenige Stunden zuvor war er noch im Jogginganzug in seinem Stammgasthaus anzutreffen und mimte den Mann des Volkes. Wolfgang hat von klein auf gelernt, wie er die Menschen mit seiner charismatischen Art erreichen und benutzen kann. Wie er sich auf eine Stufe mit den anderen stellt und dennoch unnahbar ist.

»Liebe Freunde, ich darf euch wieder einmal zur alljährlichen Abschlussfeier unseres Fußballvereins willkommen heißen. Ich nehme gleich eines vorweg, dieser Abend wird ein denkwürdiger werden.« Wolfgang grinst selbstbewusst in die Menge und fährt nach einer kurzen Pause fort.

»Wir haben in dieser Saison Großartiges geleistet. Der Aufstieg in die 2. Landesliga war mehr als souverän. Bitte einen großen Applaus für die Spieler, das Trainerteam und allen anderen, die mitgeholfen haben.«

Das Zelt ist mittlerweile randvoll gefüllt und jeder der Anwesenden applaudiert. Sogar Peter klatscht unbewusst drei Mal in die Hände.

»Eines kann ich euch garantieren, wir werden nächstes Jahr sicher nicht gegen den Abstieg spielen. Unsere Burschen sind gut genug, um auch eine Liga weiter oben mithalten zu können. Trotzdem werden wir den Kader mit 2 bis 3 Spieler verstärken, um vielleicht sogar den Durchmarsch in die 1. Landesliga zu schaffen. Welche Spieler das sein werden, werdet ihr in den nächsten Tagen erfahren. Ich sag nur so viel, einer von den Neuzugängen ist jedem hier ein Begriff. Sogar denjenigen, die lieber beim Synchronschwimmen als beim Fußball zuschauen. Er ist zwar schon etwas in die Jahre gekommen, wird uns aber mit seiner Klasse und Erfahrung als ehemaliger Nationalspieler auf ein völlig anderes Niveau bringen können.«

Der Applaus übertrifft den Vorherigen in seiner Lautstärke und in der Länge um das Doppelte. Wolfgang zelebriert und genießt seinen Auftritt. Er liebt es, im Mittelpunkt zu stehen, besonders aber das Lob und die Anerkennung, die er von anderen erntet.

»Als großes Highlight darf ich euch noch etwas Einmaliges präsentieren!« Eine riesige Leinwand fährt hinter ihm herunter und das Licht im Zelt wird auf ein Minimum reduziert. Ein Projektor wirft ein Foto des Sportplatzes an die Leinwand. Wolfgang weiß eben, wie man eine Sache groß inszeniert.

»Wie ihr natürlich wisst, schaut unsere Sportanlage derzeit so aus.«

Er macht wieder eine kurze Pause, um die Spannung zu steigern.

»Und so, meine Freunde, wird sie bald aussehen!«

Die Leinwand zeigt ein 3-D Modell des Geländes. Darauf zu sehen ist eine neue, hochmoderne Haupttribüne, die laut Wolfgang drei Mal so viele Sitzplätze bietet, als die bisherige. Dazu sind eine digitale Anzeigetafel und eine ebenfalls digitale Werbebande, die wiederum ein höheres Sponsoring garantieren soll, geplant. Außerdem werden die sanierten Mannschaftskabinen, eine neue und größere Sportkantine, sowieso die zwei dahinterliegenden Sandtennisplätze, wofür einige Bäume gerodet werden müssen, genauer präsentiert.

»Wir planen diesen Schritt schon seit Längerem. Der eine oder andere wird davon bereits gehört haben. Erst gestern ist die Baugenehmigung eingetroffen und wir hoffen, dass wir nächstes Jahr um diese Zeit fertig sein werden. Die Finanzierung steht bereits und ich freue mich, euch mitteilen zu können, dass wir, dank meiner guten Kontakte unseren Verein nicht verschulden und auch die Eintrittspreise nicht erhöhen müssen!«

Wolfgang schaut verdutzt, als er bemerkt, dass sich der Jubel diesmal in Grenzen hält. Er hat mit einem nicht enden wollenden Beifall gerechnet. Einige wissen wohl nicht so recht, ob sie eine derart große Veränderung gutheißen sollen und empfinden das Vorhaben als zu übertrieben. Wolfgang hat sehr viel Zeit, Geld und Herzblut in das Projekt gesteckt und wollte sich damit ein Denkmal für die Ewigkeit setzen. Er versucht, die Situation so gut als möglich zu überspielen, was ihm jedoch sehr schwer fällt, da er nie gelernt hat, mit Zurückweisungen umzugehen.

»Bevor die Party richtig losgehen kann, möchte ich noch zwei Dinge sagen, die mir persönlich sehr am Herzen liegen. Das Erste ist, die Gabi bleibt uns natürlich als treue Kantinenpächterin erhalten und es werden durch den Umbau außerdem noch drei weitere Arbeitsplätze geschaffen. Bitte einen großen Applaus für die Gabi, die uns seit über zehn Jahren sehr gut versorgt.«

Gabi geht zu Wolfgang auf die Bühne, holt sich einen Blumenstrauß ab und winkt herzlich in die Menge. Wolfgang überlegt derweil, ob die Botschaft mit den zusätzlichen Arbeitsplätzen auch wirklich eindringlich angekommen ist.

»Und das Zweite. Wie ihr mittlerweile alle wisst, gibt es jedes Jahr eine Spendenaktion. Mit dem Geld werden wie immer die Gemeinde und auch einzelne Familien unterstützt, mit denen es das Schicksal nicht so gut gemeint hat. Ich wünsche mir, dass wir dieses Jahr den Rekord vom letzten Jahr noch einmal überbieten und daher werde ich von dem gespendeten Geld zusätzlich 10% von meinem Privatkonto draufgeben.« Wolfgang nimmt sein Glas Whiskey in die Hand und prostet in die Menge, die ihm beinahe fanatisch zurück prostet und ihm quer durcheinander zuruft. Jetzt hat Wolfgang das Ruder wieder herumgerissen und die Menschen mit seinem Charisma in seinen Bann gezogen. Das war selbst für seine Verhältnisse eine protzige One-Man-Show. Peter ist von diesem Auftritt zugleich tiefst beeindruckt und angewidert.

Wie kann man so selbstverliebt sein. Der will doch nur Anerkennung bekommen und gut dastehen.
Das kann doch nicht wahr sein, dass ich anscheinend der Einzige bin, der so denkt.
Zugegeben, er macht seine Sache nicht schlecht. Ich könnte das nicht. Nicht einmal annähernd. Ich würde auf der Bühne keinen Ton herausbekommen, schon gar nicht, nach dem die Stimmung merklich unruhiger wurde, als er die neue Sportanlage vorgestellt hat.
Ich glaube aber, das hat ihn noch einmal zusätzlich angespornt. Ein Wahnsinn, wie man danach noch so sicher und von sich selbst überzeugt sein kann.
Trotzdem kann ich ihn nicht ausstehen, unsympathischer Kerl!

Die Stimmung ist ausgelassen und der Alkohol fließt weiter in Strömen. Peter fühlt sich nach wie vor unwohl und ausgelaugt. Am liebsten wäre er gar nicht hier. Die zwei stehen bei einem Stehtisch an der Seitenwand des Zeltes. Neben ihnen tanzen und singen die Menschen zu der Musik der Live-Band. Julia hat sich den Abend ganz klar anders vorgestellt und hat keine Scheu davor, Peter dies zu zeigen. Sie kann die liebste Person auf Erden sein, aber nur solange alles nach ihrem Kopf geht. Julia beugt sich zu Peter hin und teilt ihm mit, dass ihr langweilig ist und sie deshalb eine Runde durch das Zelt geht, um zu schauen, ob jemand da ist, den sie kennt. Sie wartet erst gar nicht auf die Reaktion von Peter. Er kann ihr nur noch hinterher schauen, bis er sie aus den Augen verliert.
Nachdem ihn nichts mehr im Zelt hält und es ihm ohnehin zu laut ist, beschließt er, an die frische Luft zu

gehen.
Etwas abseits vor dem Zelt sieht Peter den Leberflecktyp stehen, der hektisch einige kurze Züge an seiner Zigarette macht.

Das ist meine Gelegenheit, ich muss mich ihm jetzt Vorstellen und herausfinden, wer er ist.

Peter nimmt all seinen Mut zusammen und geht auf Gustav zu. Gedanklich wiederholt er die Sätze, die er sich parat gelegt hat. Als Peter nur noch zwei Schritte von ihm entfernt ist, zieht ihn jemand wuchtig am Arm zurück. Es ist Wolfgang, der sich vor Peter aufbaut und ihn wegschubst.
»Zu dir komme ich noch später!«
Peter steht völlig perplex, wie angewurzelt da.
»Hallo Gustav! Entschuldung, dass ich erst jetzt für dich Zeit finde.« Während Wolfgang Gustav begrüßt, entfernen sie sich von Peter. Er hört nur noch, wie Gustav fragt, wer das Milchbubi ist und dass er ihn vor ein paar Tagen bei seinem Autogeschäft gesehen und sich sehr merkwürdig verhalten hat.

Verdammt, was fällt dem ein?! Stoßt mich weg und behandelt mich wie den letzten Dreck.
Was heißt, er kommt später noch zu mir? Das klang wie eine Drohung. Was will der von mir?
Ich war so knapp davor, mich diesem Typen vorzustellen.
Wenigstens weiß ich jetzt, dass er Gustav heißt und er anscheinend wirklich Autohändler ist, wenn ich das richtig verstanden habe. Wenn ich nur den Mut hätte, ihnen zu folgen

und sie zu belauschen, dann könnte ich vielleicht noch mehr in Erfahrung bringen, aber das möchte ich lieber nicht riskieren, so aggressiv wie Wolfgang zuerst drauf war.

Zurück im Zelt versucht Peter Julia vergeblich seit zehn Minuten zu finden.

In der Zwischenzeit hat die Band aufgehört zu spielen und Sara die Bühne betreten.

»Hey! Noch einmal zur Erinnerung, wenn ihr euren Bürgermeister das Geld aus der Tasche ziehen wollt, dann spendet die letzte halbe Stunde bis Mitternacht ordentlich. Danach beginne ich mit der Tombola-Verlosung.« Sie beendet den Satz mit ihrem typischen Augenzwinkern und geht mit schwingenden Hüften wie ein Model am Laufsteg von der Bühne.

»Da bist du ja. Ich habe dich schon überall gesucht und mir Sorgen um dich gemacht.« Peter ist auf Kuschelkurs.

»Dann hast du wohl nicht gut genug gesucht. Mir ist die Lust schon lange vergangen, lass uns nach Hause gehen. Das ist dir sowieso lieber. Ich geh noch kurz auf die Toilette, also warte hier!« Julia gibt ihm eindeutig zu verstehen, dass sie heute nicht mehr gut auf ihn zu sprechen ist.

Peter hat sich den ersten Abend mit Julia nach ihrer Reise wesentlich harmonischer vorgestellt. Seitdem sie wieder hier ist, herrscht eine permanente Spannung zwischen ihnen.

Aus dem Augenwinkel bemerkt er, wie Wolfgang mit offensichtlich alkoholisch bedingten Gleichgewichtsproblemen, auf ihn zusteuert. Wortlos

zerrt er Peter unsanft am T-Shirt zur Seite, um etwas abseits ungestört mit ihm reden zu können.
»Brav hast du das gemacht. Schau her, wie versprochen lösche ich das Foto von meinem Handy!«
Peter fällt aus allen Wolken.
»Du verdammtes Arschloch! Du warst das!«
»Halt dein Maul! Rede nicht so laut und verhalte dich unauffällig. Ich wusste, dass du zu dumm bist und nicht dahinterkommen wirst, dass ich es bin! Jetzt schaust du, was? Du kleiner Hosenscheißer. Ich habe noch ein Foto, auf dem man gut erkennen kann, wie du die alte Schachtel in den Kofferraum hebst. Ich würde sagen, dass du mir am Dienstagabend weitere 10.000 Euro in den Container wirfst. Um 22 Uhr, da ist es schön dunkel und vielleicht werde ich dieses Mal auch vor Ort sein, lass dich überraschen.« Wolfgang demonstriert mit Genuss seine Macht über ihn. Umso überraschter ist er und vermutlich auch Peter selbst, als dieser ihm sofort Kontra gibt.
»Das kannst du dir abschminken.«
»Was war das eben? Ich kann mir was? Ich glaube, du weißt nicht, mit wem du dich anlegst. Ich nehme dir im Handumdrehen deine Wohnung weg! Dann stehst du auf der Straße, wenn du dich weiter so spielst.« Wolfgang will erst gar keinen Zweifel aufkommen lassen, wer hier das Sagen hat.
»Die kannst du haben, ich ziehe sowieso bald mit Julia von hier weg.«, murmelt Peter vor sich hin. Gerade noch so, dass ihn Wolfgang verstehen kann.
»Wer soll das sein?«, fragt Wolfgang nach, ohne darauf

eine Antwort haben zu wollen.
»Wie auch immer. Das ist mir sowieso lieber, wenn du verschwindest. Es braucht dich hier niemand. Noch einmal für dich in aller Deutlichkeit. Wenn du nicht parierst und tust, was ich dir sage, dann zerstöre ich dein armseliges Leben. Hast du mich verstanden, Hosenscheißer!« Wolfgangs Ansage war an Überheblichkeit nicht zu überbieten. Er wuchs gefühlt mit jedem Wort um ein paar Zentimeter.
Peter knickt ein und leistet keinen Widerstand mehr. Er nickt nur noch artig und blickt dabei auf den Boden.

Verdammt, was für ein Scheißtag!
Wenn man glaubt, es kann nicht schlimmer werden, bekommt man wieder eine übergezogen.
Ich kann es nicht fassen, dass er es ist. Damit hätte ich nicht gerechnet. Warum zur Hölle macht er das? Das hat er doch gar nicht notwendig. Er und seine Familie haben Geld und Grundstücke ohne Ende. Selbst wenn er alles verprasst hätte, dann helfen ihm doch die paar Tausender von mir bei seinem Lebensstil auch nicht weiter.
Vielleicht ist das nur ein Spiel für ihn? Ihm gibt das offensichtlich ein gutes Gefühl andere unter Kontrolle zu haben und ihnen zu zeigen, dass sie ihm nichts anhaben können.
Hoffentlich trifft er mal den Falschen, der sich das nicht gefallen lässt.
Ich frage mich, ob er einen Komplizen hat oder ob er meine Wohnung alleine aufgemacht hat?
Ich hoffe nur, dass er keinen Schlüssel hat! Am besten wird es sein, wenn ich sicherheitshalber so schnell wie möglich das

Schloss austauschen lasse.
Steckt er mit Harald unter einer Decke?
Der hat mich vielleicht nur angerufen, um mich von dem Container wegzulocken. Die Aktion mit der Reisegruppe war sogar für seine Verhältnisse etwas seltsam.
Eine Variante wäre noch, dass dieser Dominik für ihn das Geld herausgeholt hat und Wolfgang informiert hat, nachdem ich weg war.
Im Prinzip könnte alles Mögliche passiert sein. Er kennt so viele Leute, so viele einflussreiche Leute.
Das darf doch nicht sein, dass er sich alles erlauben kann und immer damit durchkommt. Ich wette, würde ich zur Polizei gehen, dann kommt er fein aus der Sache heraus und ich sitze im Gefängnis! Der herrscht über die Gemeinde und anscheinend auch darüber hinaus wie ein Kaiser und hat für sein Handeln keine Konsequenzen zu tragen!
Verdammt, Julia kommt. Ich darf mir nichts anmerken lassen.

Ohne ein Wort miteinander zu wechseln, verlassen Julia und Peter im Gänsemarsch das Zelt. Peters Gesicht ist kreidebleich, ihm ist übel und er hat wieder dieses Stechen in seinem Kopf. Diesmal allerdings nicht so stark wie gestern auf der Ruine. Er versucht sich vor Julia nichts anmerken zu lassen, was ihm abgesehen von seiner Gesichtsfarbe auch gut gelingt, da sich die zwei auf dem Heimweg keines Blickes würdigen, geschweige denn miteinander kommunizieren. Nur einmal ist Peter ein wirres Murmeln ausgekommen, was Julia jedoch strikt ignoriert hat.

Als beide schon im Bett liegen und Peter beinahe eingeschlafen ist, richtet Julia ihren Oberkörper auf und dreht sich mit dem Kopf zu ihm hinüber.
»Ich weiß übrigens von dem Gespräch zwischen Wolfang und dir.«, sagt sie trocken heraus.
»Welches Gespräch meinst du?«
»Stell dich nicht dumm. Das im Zelt, kurz bevor wir gegangen sind.«
»Wie hast du das hören können? Du warst doch gar nicht da.«
»Das ist doch egal. Wichtig ist, dass ich es weiß.«
Peter schaut irritiert.
»Und was genau weißt du?« Vorsichtig tastet er sich heran.
»Genug, um zu wissen, was los ist! Ich bin von dir maßlos enttäuscht! Ich erzähle dir alles, was in Namibia passiert ist, jedes noch so unangenehme Detail und du? Du verschweigst mir, dass du erpresst wirst. Ich fühle mich von dir hintergangen! Ich bin enttäuscht, dass du mir anscheinend nicht vertraust.«
Peter starrt sie mit offenem Mund an.

Jetzt ist es wenigstens raus. Sie scheint sich mehr darüber aufzuregen, dass ich es ihr nicht gesagt habe, als darüber, was ich getan habe.

»Hast du nichts zu sagen?!«, fährt Julia Peter an.
Er rümpft die Nase, holt Luft, um zu antworten, doch Julia kommt ihm zuvor.
»Wegen was erpresst dich dieser Arsch eigentlich? Wir

gehen morgen zur Polizei!« Ihre Stimme ist weit über eine normale Zimmerlautstärke hinaus.

Moment, sie hat mich gerade gefragt, warum mich Wolfgang erpresst. Das heißt, sie weiß gar nicht, was passiert ist. Gott sei Dank!

»Ich weiß es doch selbst nicht genau, was der von mir will. Er hat mich doch von Anfang an nicht leiden können.«
»Hör auf mich für blöd zu verkaufen. Was heißt, du weißt es nicht? Du hast doch schon gezahlt und jetzt fordert er noch einmal Geld von dir!«
»Äh, ja genau.«, sagt Peter, ohne groß über seine Antwort nachzudenken.
»Na eben! Für was hast du bezahlt? Womit erpresst er dich?
Was hat er gegen dich in der Hand?«, schreit sie ihn aus wenigen Zentimetern ins Gesicht.
Peter starrt ohne eine Regung ins Leere.
»Ich kann auf keinen Fall zur Polizei gehen.«, versucht Peter von dem Grund abzulenken.
»Und wieso nicht?«, erwidert Julia sofort.
»Du weißt doch, dass er überall seine Kontakte hat. Das würde nichts bringen.«
»Aber, wenn du nichts getan hast und er dich trotzdem erpresst, dann hast du doch nichts zu befürchten! Du bist im Recht!«
Julia holt tief Luft.
»Oder hast du etwas getan, wofür er dich erpressen

kann?«

Peter schweigt wieder eisern.

»Rede doch mit mir! Warum schließt du mich aus?«

»Ich kann es dir einfach nicht sagen. Es tut mir leid. Bitte hab Verständnis dafür.«

»Ich hätte vielleicht noch Verständnis dafür aufbringen können, dass du es mir bis jetzt verschwiegen hast, aber dass du es mir noch immer nicht erzählen willst, dafür habe ich kein Verständnis!«

Während Julia gesprochen hat, ist sie erzürnt aufgesprungen und hat sich in Windeseile ihr Gewand angezogen.

»Ich habe die Schnauze voll von dir und deiner ängstlichen Art. Du lässt dir immer auf den Kopf scheißen, anstatt dich einmal zu wehren. Denk darüber nach, danach kannst du mich wieder anrufen. Bis dahin will ich nichts mehr von dir hören!«

Julia geht anschließend, ohne auf eine Antwort zu warten und sich umzudrehen zur Wohnungstür, öffnet sie und lässt sie hinter sich mit einem lauten Knallen ins Schloss fallen.

Verdammt, das war wieder einmal unnötig!

Ich verstehe nicht, warum sie immer dermaßen heftig reagiert. Außerdem, was heißt, ich lasse mir immer auf den Kopf scheißen und wehre mich nicht. Würde mich interessieren, wie sie ihr Leben im Griff hätte, wenn sie meine Kindheit gehabt hätte!

Irgendwie bin ich im Moment froh, dass sie gegangen ist. Sie hat mich durch ihre impulsive Art ständig unter Druck gesetzt.

Vielleicht hätte ich es ihr sogar erzählt, wenn sie von Anfang an ruhig geblieben wäre und zumindest etwas Verständnis gezeigt hätte. Das war nicht allein meine Schuld!
Wenigstens kann ich morgen in Ruhe nach einer Lösung für mein Dilemma suchen.
Die 10.000 Euro hätte ich ja, aber ich bin mir nicht sicher, ob ich mich auf das noch einmal einlassen soll.
Ich habe doch überhaupt keine Sicherheit, ob er alle Fotos von seinem Handy gelöscht oder sie irgendwo anders noch abgespeichert hat.
Ich muss irgendwie an sein Handy kommen.

12 – Die Vergangenheit

Peter öffnet am Rücken liegend seine Augen. Er verweilt etliche Minuten in dieser Position und starrt dabei, ohne über etwas Bestimmtes nachzudenken an die Decke. Er ist die ganze Nacht wach gelegen und hat sich über alles Mögliche sein Hirn zermartert. Mühsam, beinahe widerwillig, zerrt er sich aus dem Bett und schleppt sich langsam unter die Dusche. Erst jetzt dämmert es Peter, was alles am gestrigen Tag passiert ist. Die Horrornacht auf der Ruine Aggstein, der nervige Arbeitstag, das Wiedersehen und die Erzählung über den Mord von Julia, die Erkenntnis, wer ihn erpresst hat und im Zuge dessen eine neuerliche Erpressung von Wolfgang und schlussendlich der Streit mit Julia.

»Hätte besser laufen können.«, seufzt Peter ironisch vor sich hin.

Er macht sich einen Früchtetee, kippt zusätzlich zwei Teelöffel Zucker in seine Tasse und lässt sich auf die Couch sinken. Die Sonne scheint mitten in das Wohnzimmer, wenn Peter nicht zu faul wäre, würde er die Vorhänge zu ziehen. Er fühlt sich, wie schon die letzten Tage, völlig antriebslos und äußerst unruhig. Wer kann es ihm verübeln?

Es ist schon Mittag, wieder einmal habe ich den Vormittag im Bett verschwendet.

Andererseits habe ich heute sowieso nach dem Streit mit Julia nichts vor.

Den Sonntag habe ich mir eigentlich anders vorgestellt. Anstatt einen schönen Ausflug mit ihr zu machen, sitze ich hier wie ein Häufchen Elend.

Soll ich sie anrufen und mich bei ihr entschuldigen?

Nein!

Ich habe es satt, mich ständig für etwas entschuldigen zu müssen, wofür ich mich meiner Meinung nach nicht entschuldigen muss. Jetzt ist sie endlich einmal an der Reihe nachzugeben!

Das renkt sich sowieso wieder ein. Ich möchte und darf nicht ständig klein beigeben, sonst gewöhnt sie sich daran und dann habe ich es noch schwerer, mich durchzusetzen. Ich sollte die Zeit lieber nutzen und darüber nachdenken, was ich wegen dem Wolfgang mache.

Es ist unmöglich, eine optimale Lösung dafür zu finden. Ich weiß bei beiden Varianten nicht, was auf mich zukommen wird. Ich werde das doch lieber nicht jetzt entscheiden. Es sind ohnehin noch zwei Tage bis dahin.

Peter hat es am Nachmittag doch noch geschafft, die Vorhänge zu zuziehen. Er sitzt im Dunkeln bei seinem Computer, nur das Licht des Monitors und des Fernsehers, auf dem im Hintergrund wieder eine Dokumentation läuft, erhellen die Wohnung. Er möchte an einem Konzept für sein Unternehmen arbeiten, doch es fällt ihm schwer, sich zu konzentrieren und Entscheidungen zu treffen. Mehrmals hat er das Geschriebene wieder gelöscht. Sein Tippen auf der Tastatur wird mit jedem gescheiterten Versuch lauter und aggressiver. Nach einer zwanzigminütigen Blockade springt Peter von seinem Schreibtischsessel auf, geht entschlossen zu der Couch hinüber, schnappt sich den Polster und hält ihn sich vor sein Gesicht, um sekundenlang seine aufgestaute Wut hinein zu schreien. Auch wenn es ihm danach besser geht, schämt er sich vor sich selbst. Solche emotionalen Ausbrüche hatte er schon lange nicht mehr. Bevor er sich weiter damit beschäftigen kann, klingelt sein Handy.

»Hallo Mama.«

»Hallo, mein Bub, ich dachte mir, ich rufe dich mal wieder an.« Das war Margarethes Standardsatz, um Peter unterschwellig klarzumachen, dass sie von ihm auf einen Anruf gehofft hat.

»Wie geht es dir denn? Was hast du die letzten zwei Tage getrieben?«, fährt sie fort.

»Äh, mir geht es ganz gut, danke. Ich habe nichts Besonderes gemacht. Ich arbeite gerade an dem Konzept für mein Unternehmen.«

»Sehr fleißig. Du wirst sehen, da wird etwas Großartiges entstehen!«

»Wie geht es dir? Beziehungsweise euch?« Peter versucht gar nicht weiter auf das Thema einzugehen.

»Uns geht es super, danke. Der Papa ist nach wie vor sehr bemüht um mich. Wir waren spontan übers Wochenende in Slowenien. Er hat mir gezeigt, wo er aufgewachsen ist und mir einige Dinge aus seiner Kindheit erzählt. Ich glaube, es tat ihm gut, endlich darüber reden zu können. Man kann sich gar nicht vorstellen, wie schwer er es hatte.«

»Das freut mich Mama. Also nicht, dass er es schwer hatte, sondern dass es mit euch weiterhin gut läuft.« Peter meint das zutiefst ehrlich. Allerdings weniger, weil er sich für seinen Vater freut, sondern es für seine Mutter offensichtlich sehr viel bedeutet.

»Ursprünglich wollten wir dich gestern besuchen kommen, aber mir ist dann wieder eingefallen, dass du dich mit einem Freund verabredet hast, wenn ich mir das richtig gemerkt habe, oder?« Auffallend unpassend versucht sie auf das Telefonat von Donnerstag früh, vor ihrem Haus anzuspielen.

»Ich weiß nicht, was du meinst, Mama.« Peter hat tatsächlich keine Ahnung, wovon sie spricht.

»Du bist doch vor unserem Haus gestanden und hast zu einem Freund gesagt, dass du dich auf Samstag freust.«

»Ähm, ja, kann schon sein. Das wurde aber nichts, weil mich Harald in die Arbeit länger gebraucht hat.«

»Achso.« Margarethe macht keinen Hehl daraus, dass sie diese Antwort nicht zufriedenstellt. Sie weiß nicht, was sie davon halten soll, und wechselt schließlich das Thema, bevor die Stimmung kippt.

»Hast du dir schon wegen des Umzugs genauere Gedanken gemacht?«

»Ja gestern. Ein wenig zumindest. Gut, dass du mich daran erinnerst, da wollte ich heute noch etwas erledigen. Ich melde mich morgen wieder bei dir, okay?« Peters Unruhe steigerte sich wieder mit fortlaufendem Telefonat und er möchte das Gespräch so schnell wie nur möglich beenden, weil er nicht weiß, wie lange er dies noch vor seiner Mutter verbergen kann.

»Mach das, pass auf dich auf. Ich liebe dich.«
»Ich dich auch.«

Merkwürdig, wie sie das zum Schluss gesagt hat. Warum soll ich auf mich aufpassen?
Und was soll die Frage wegen dem Telefonat?
Ich hoffe, es geht ihr wirklich gut.

Peter setzt sich wieder vor den Computer, um weitere Ideen für sein Geschäftsmodell zu sammeln. Schon bald triftet er jedoch ab und begibt sich im Internet auf die Suche nach einer geeigneten Immobilie für den geplanten Umzug.

Wolfgang hat doch gestern gesagt, dass er mir im Handumdrehen die Wohnung wegnimmt, wenn ich nicht bezahle. Was bedeutet das genau? Wie schnell kann er das tun? Am nächsten Tag? Eine Woche? Ein Monat? Er kann mich doch nicht einfach so von heute auf morgen hinausschmeißen, immerhin habe ich einen gültigen Mietvertrag und Rechte!
Im Notfall kann ich vorübergehend sicher zu Julia ziehen, wenn sie sich bis dahin beruhigt hat.
Das neue Haus muss dann sowieso mindestens vier Zimmer haben, damit jedes unserer Kinder ein eigenes hat.

Es ist kurz nach 22 Uhr, als sich Peter ausgelaugt und mit leeren Magen in sein Bett legt. Er hat sich heute nur von Früchtetees mit Zucker ernährt. Es fällt ihm schwer einzuschlafen, er wälzt sich von einer Seite auf die andere Seite. Ständig kreisen seine Gedanken darum, wie es die nächsten Tage weitergehen soll. Er kommt vom

Hundertsten ins Tausendste und doch zu keinem Plan oder gar zu einer Lösung. Als Peter völlig entnervt auf sein Handy schaut, um nach der Uhrzeit zu sehen, ist es 1 Uhr 43. Er kommt zu dem Entschluss, dass es sinnlos ist, sich eine weitere Nacht schlaflos zu quälen und steht auf, um in der Wohnung auf und abzugehen, in der Hoffnung, seine Müdigkeit zu steigern, was jedoch das Gegenteil bewirkt. Nach seinem Spaziergang im Wohnzimmer setzt er sich auf die Couch vor den Fernseher und zappt die Sender durch, wo es ihn aufgrund seiner Unruhe auch nicht lange hält und er wieder auf und ab geht. Er wiederholt dieses Ritual einige Male, bis beinahe schon die Sonne aufgeht, was er jedoch nicht mitbekommt, da die Vorhänge nach wie vor zugezogen sind.

Peter sieht sich nun die dritte Folge Monk hintereinander an. Er hat die Serie vor Jahren bis zum Umfallen geschaut. Immer wieder bedauert er den Hauptprotagonist Adrian Monk.

»Was der arme Kerl alles durchmachen muss. Den Mord an seiner Frau, seine Phobien, Zwänge und Ängste. Auch er war als Kind ein Außenseiter und wurde gemobbt. Wenn ich mich in seine Lage hineinversetze, wie es ihm mit dem täglichen Leben geht, ich würde nicht tauschen wollen und dennoch gibt er nie auf und versucht sein Leben zu meistern, das ist beeindruckend.«

Peter hört sein Handy leise läuten. Zunächst kann er nicht eindeutig zuordnen, woher der Ton kommt, und schafft es nicht, rechtzeitig abzuheben. Zu seiner Überraschung findet er es wenig später auf der Toilette.

Wie kommt das denn da hin?
Wer hat mich angerufen?
Harald!
Verdammt! Es ist Montag, ich muss in die Arbeit!

Peter, der bis dahin in der Unterhose herum gegammelt ist, hüpft im Eiltempo in seine Jean-Hose, zieht sich die Socken und ein T-Shirt an und setzt zum Sprint in Richtung Badezimmer an. Als er die Zahnpasta auf die Bürste schmiert, verharrt er einige Sekunden in der Position und starrt sein Spiegelbild an. Peter überlegt, ob er überhaupt noch in die Arbeit fahren soll. Er möchte nicht mit anderen Menschen reden und hat erst recht keine Lust, auf heile Welt zu tun. Völlig entgeistert lässt Peter die Zahnbürste ins Waschbecken fallen, dreht sich um und setzt sich wieder auf die Couch. Er beschließt Harald später anzurufen, um ihn zu informieren, dass er kündigen wird. Jetzt möchte er sich mit so einem Gespräch nicht konfrontieren.
Peter sitzt seit beinahe fünf Stunden vor dem Fernseher. Er starrt auf die Kiste, ohne der Handlung folgen zu können, da er bereits seit über 50 Stunden nicht mehr geschlafen hat und seine Aufmerksamkeitsspanne gegen null geht. Wenigstens hat er heute etwas gegessen, um die Schmerztabletten für seinen Kopf nicht auf nüchternen Magen nehmen zu müssen. Peters Anblick ist äußerst ungepflegt und würde bei seiner Mutter möglicherweise einen Tobsuchtsanfall oder gar einen Herzinfarkt auslösen. Seine Haare sind fettig und stehen kreuz und quer. Vereinzelte Bartstoppeln wachsen

unkontrolliert am Hals und in der Kinngegend, seine Brille ist völlig verschmiert, seine Unterhose hat er bereits den dritten Tag an und das letzte Zähneputzen ist ebenso lange her. Die Wohnung schaut keinen Deut besser aus. Die Teetassen und Beutel sind in der Wohnung verteilt, leere Papierzettel und Stifte, die er sich für etwaige Ideen zu seinem geplanten Unternehmen und dem Ablauf für die Geldübergabe machen wollte, liegen verstreut herum. Dazu mehr als ein Dutzend Papierknäuel mit Notizen, die er als nicht genügend empfindet. Die Klobrille ist hochgeklappt und die Zahnbürste liegt ebenfalls noch unverändert im Waschbecken. Als wäre das nicht schon genug, herrscht ein extrem unangenehmer Geruch in der Wohnung, da seit gestern früh kein frischer Luftzug mehr hineinkam.

Am späteren Abend geht Peter wie von Sinnen in das Schlafzimmer zu seinem Gewandkasten und bleibt davor eine Weile stehen. Er öffnet im Dunkeln mit der rechten Hand die Türe, setzt sich auf den Boden, greift an das Ende des Kastens und nimmt eine Schachtel mit der Aufschrift »Erinnerungen« heraus. Peter hält die Box in beiden Armen und fixiert sie visuell, ehe er sich aufrafft und mit ihr in das Wohnzimmer geht, um sich dort auf den Boden zu setzen. Nach einer weiteren halben Stunde öffnet Peter endlich die Schachtel und legt den Deckel beiseite. Er nimmt einen Stoß mit Fotos heraus und schaut sie langsam durch. Viele dieser Fotos hat Peter schon seit einer Ewigkeit nicht mehr gesehen. Eine Aufnahme zeigt ihn zu Weihnachten als Baby.

Sie stehen vor dem Weihnachtsbaum, dabei wird er von

seiner Mutter im Arm gehalten und Ivan hat seinen um Margarethe gelegt.
»Sie sehen glücklich aus.«
Peter überlegt minutenlang, wer das Foto gemacht hat. Er vermutet, dass es nur Stefan gewesen sein kann.
Nach etwa der Hälfte des Stapels bleibt Peter bei einem Foto hängen und versucht es aus allen möglichen Blickwinkeln zu analysieren. Es ist ein Foto, das ihn mit seinem Onkel beim Rodeln zeigt. Peter muss etwa zehn Jahre alt gewesen sein. Er versucht sich mehrfach auf den Gesichtsausdruck von Stefan zu konzentrieren. Aufgrund Peters beunruhigenden körperlichen und geistlichen Zustandes gelingt ihm dies jedoch nicht. Wieder und immer wieder neigt er die Fotografie in alle Richtungen, weil er unbedingt herausfinden möchte, ob Stefan in diesem Moment glücklich erscheint. Nach einer knappen Stunde, die Peter höchstens wie drei Minuten vorkommt, gibt er schlussendlich enttäuscht und zugleich wütend auf.
Die nächste Aufnahme schmeißt Peter reflexartig weg.
Er gafft apathisch aus einem Meter Entfernung hin, reibt sich die Augen und atmet tief durch.
Das Foto zeigt Peter mit einigen seiner damaligen Freunde und Klassenkollegen zu seinem zwölften Geburtstag. Er sieht unbeschwert und zufrieden aus. Zu diesem Zeitpunkt wusste er natürlich noch nicht, dass dieser Tag ein an und für sich harmloses Ereignis mit sich bringen wird, welches sein restliches Leben nachhaltig zum Negativen beeinflussen wird. Peter versucht sich mit all seiner Kraft gegen die Szenen, die sich in seinem Kopf

vor seinem inneren Auge abspielen, zu wehren. Doch ein Gedanke kann unkontrollierbar und mächtig sein. Peter hat nicht die geringste Chance. Er durchlebt diesen Tag aufs Neue und beginnt drauflos zureden, als würde er die Geschichte jemanden erzählen.

»Es ist doch lächerlich und beängstigend zugleich, wie ein ungeschickter Moment ein ganzes Leben zerstören kann. Wir waren mit mir acht Kinder und standen im Garten meiner Eltern, um sich auf das nächste Spiel vorzubereiten. Jeder stieg in einen großen Jutesack hinein und wartete auf das Startsignal. Als Geburtstagskind wollte ich natürlich gewinnen, außerdem war ich der Dickste und wollte es den anderen beweisen. Falls ich es noch nicht erwähnte, es war mein zwölfter Geburtstag. Mein Vater pfiff in die Trillerpfeife und wir hüpften wie verrückt los. Bereits nach wenigen Metern sah ich im Augenwinkel, wie drei Kinder miteinander kollidierten und damit aus dem Rennen waren. Das gab mir einen zusätzlichen Motivationsschub. Ich holte alles aus mir heraus und duellierte mich Kopf an Kopf, mit meinem damaligen besten Freund, Sebastian. Ich war derart fokussiert darauf zu gewinnen, dass ich im ersten Moment gar nicht bemerkte, als ich die Ziellinie überquerte. Ich hüpfte noch drei-vier Sprünge weiter und kam nicht mehr rechtzeitig zum Stillstand. Im Nachhinein betrachtet war der Standort der Geburtstagstorte nicht die beste Wahl.«

Peter kommt dabei ein ironisches Lachen aus.

»Danach hat Sebastian mir aufgeholfen und zum Sieg gratuliert.«

Peter macht eine Pause und Geste, als würde er auf eine anerkennende Antwort warten.

»Klar haben die anderen Kinder gelacht, aber es war eher ein miteinander Lachen als ein Auslachen. Ich fühlte mich an diesem Tag wie ein Held.«

Peter pausiert wieder. Diesmal allerdings um einiges länger, als könnte er rückwirkend die Geschichte hier enden lassen.

»Am nächsten Tag in der Schule verbreitete sich die Geschichte wie ein Lauffeuer. Zur großen Pause bekam ich den Spitznamen Tortengesicht verpasst. Zunächst war es weiterhin lustig, doch es kam recht schnell der Punkt, an dem sich eine Dynamik entwickelte, aus der ich nicht mehr herauskam. Ich verlor nach und nach jeglichen Respekt der Mitschüler und später auch jegliches Selbstwertgefühl. Heutzutage würde man sagen, ich war in der Klasse das Mobbingopfer. Wenige Tage darauf hatte ich sogar ein Gespräch mit meiner Mama und der Direktorin. Die meinte, dass sich dieses Thema von alleine legen wird, ich mich nicht Hineinsteigern und dem Ganzen nicht so viel Beachtung schenken soll. Leider sollte sie damit nicht recht behalten. Sogar Sebastian, mein sogenannter bester Freund, wandte sich gegen mich und war mit vorne dabei, wenn es um Beleidigungen und Erniedrigungen aller Arten ging. Es gab sogar eine Phase, in der körperliche Gewalt an der Tagesordnung stand, aber das Schlimmste war eindeutig die soziale Isolation. Ich hatte mehr oder weniger von einem auf den anderen Tag niemanden mehr, mit dem ich reden, spielen, herumalbern und all das machen konnte, was man in dem Alter so macht. Es war für mich nur noch ein täglicher Kampf ums Überleben. Ich zog mich zurück, sowohl physisch als auch psychisch.«

Peter redet wie in Trance, einen Satz nach dem anderen trocken herunter, als würde er etwas völlig Belangloses erzählen.

»Schon irre, wie sich das entwickelt hat, nur, weil ich einmal einen eisernen Willen gezeigt habe. Kinder können sehr grausam und erbarmungslos sein.«

Peter starrt noch eine Weile auf das Foto.

»Eines weiß ich allerdings nicht mehr genau.« Peter rümpft die Nase.

»Ich musste später jeden Tag Tabletten nehmen. Ich kann mich aber beim besten Willen nicht daran erinnern, wie die geheißen haben und aus welchem Grund ich die genommen habe. Es fühlt sich wie mehrere Erinnerungslücken an. Ich glaube, sie waren rot und ich habe sie ziemlich lange genommen, sechs oder sieben Jahre. Ich war auch regelmäßig zur Kontrolle bei einem Arzt. Sein Name ist mir allerdings ebenfalls entfallen. Vielleicht komme ich später noch drauf. Meine nächste klare Erinnerung ist, dass ich, nachdem ich mit Michelle zusammengekommen bin, die Tabletten recht bald abgesetzt habe. Sie hat mir damals sehr geholfen, vermutlich hat sie mir sogar das Leben gerettet. Wir hatten drei wunderschöne Jahre miteinander.«

Peter nickt mehrmals mit Kopf.

»Wobei, wenn ich so darüber nachdenke, waren es eher nur für mich drei schöne Jahre. Michelle musste viel wegen meiner Eigenheiten erdulden. Sie war ein sehr liebevoller und geduldiger Mensch. Trotzdem war es ihr irgendwann verständlicherweise zu viel. Deshalb begannen wir uns öfters zu streiten. Die Beziehung lief zwar noch einige Monate vor sich hin, weil sie mich nicht verletzen wollte und Angst davor hatte, ich würde mir etwas antun, oder wieder in ein tiefes Loch fallen. Sagte sie zumindest. Im Grunde genommen habe ich es gar nicht so schlecht verarbeitet. Ich habe eine Woche später meine Sachen gepackt und bin nach Frankenfels gezogen.«

Peter zuckt mit den Achseln.

»Ja, ich bin geflüchtet! Jeder geht eben anders mit solchen Sachen um.« Er schreit beinahe, als würde er sich dafür rechtfertigen wollen.

»Ich weiß gar nicht mehr, warum ich ausgerechnet hier hergezogen bin.« Peters unermüdlicher Redefluss wird durch ein lautes Klopfen an seiner Wohnungstüre unterbrochen.

Erschrocken sitzt er auf dem Boden und schaut mit nach links gedrehtem Kopf auf die Tür.

Noch einmal hört Peter Geräusche. Diesmal wesentlich lauter, als würde jemand mit der Faust dagegen hauen. Er hat große Mühe aufzustehen und fällt beinahe nieder, da ihm seine Beine eingeschlafen sind. Langsam schreitet er zu der Tür und macht diese, ohne durch den Spion zu schauen, auf. Es ist stockdunkel. Auch als er das Ganglicht aufdreht, ist weit und breit niemand zu sehen. Peter wankt wieder zurück in die Wohnung und versinkt in seiner Couch. Er ist sich mittlerweile gar nicht mehr

sicher, ob überhaupt jemand geklopft hat. Immerhin ist ihm bewusst, dass seine Sinne nicht mehr auf zack sind. Erst als er die Teletextfunktion seines Fernsehers bedient, weiß er, welcher Tag heute ist.
»Dienstag, 0 Uhr 12. Dienstag, Dienstag, irgendetwas war doch am Dienstag. Wolfgang! Dieses Arschloch! Heute ist das schon! Verdammt! Ich muss so schnell wie möglich fit und klar im Kopf werden.«

Wolfgang drückt mit seinem Nike Sportschuh die glühende Zigarette aus.
Mit verschränkten Armen und überkreuzten Beinen lehnt er lässig an der Motorhaube seines BMWs und blickt dabei auf seine Rolex.
»Fünf Minuten hat der Feigling noch.«
Wolfgang hat das Fernlicht aufgedreht und sein Auto so geparkt, dass er unweigerlich jeden blendet, der zur Ruine fährt, was um diese Uhrzeit allerdings nur noch Peter betreffen sollte. Sein rechter Mundwinkel schnellt bei dem Gedanken in die Höhe, dass Peter die Angst ins Mark fahren wird, wenn er von den Scheinwerfern geblendet wird und nicht sieht, was sich vor ihm befindet. Wolfgang hat heute erst gar nicht vor, sich auf irgendwelche Diskussionen einzulassen. Er wird sofort das Geld fordern, Peter mit ein paar Worten noch einmal mental hinunter machen und danach abrauschen. Schließlich hat er noch ein Date mit seiner neuen Affäre, die nur wenige Minuten entfernt wohnt. Die Vorfreude macht ihn noch ungeduldiger, als er ohnehin ist.
Er schaut zum wiederholten Male auf seine Uhr. Peter ist

bereits zehn Minuten zu spät.
Wolfgang zündet sich genervt eine weitere Zigarette an und dreht das Fernlicht ab, da er mittlerweile den Verdacht hat, Peter traue sich aufgrund dessen nicht herzukommen.
Kurze Zeit später vernimmt er ein Rascheln aus dem anliegenden Wald.
»Na endlich bist du da. Ich dachte schon, du Hosenscheißer kommst gar nicht mehr!«, ruft er selbstbewusst in den Wald hinein.
Er bekommt keine Antwort und auch die Geräusche verschwinden wieder.
»Was ist jetzt mit dir? Lass uns das über die Bühne bringen, ich habe heute noch etwas vor.«
Kurz darauf ist wieder das Rascheln des Laubes auf dem Boden zu hören, diesmal allerdings von mehr als einer Person, was Wolfgang nicht zu stören scheint.
»Traust du dich wohl nicht alleine her?! Hast du deine Mama als Bodyguard mitgenommen?«, ruft er höhnisch.
Daraufhin verstummen die Geräusche wieder. Wolfgang nimmt sein Handy heraus, leuchtet in den Wald hinein und geht dabei einige Schritte auf und ab. Es ist zu dunkel, um etwas erkennen zu können. Für einen kurzen Augenblick macht sich ein Gefühl von Angst und Verunsicherung in ihm breit. Es kommt ihm in den Sinn, dass es wahrscheinlich gar nicht Peter ist, der in dem Wald herumstreunt. Schließlich traut er ihm nicht zu, sich im Dunkeln in den Wald zu begeben. Eines ist ihm jedoch gewiss, es müssen zumindest zwei Personen sein. Als Wolfgang beschließt, zu seinem Auto zurückzukehren,

um mit den Scheinwerfern in den Wald hineinzuleuchten, springen zwei Menschen schreiend vor ihm aus dem Wald und kurz darauf ein Dritter hinter ihm. Wolfgang fällt vor lauter Schreck sein Handy aus der Hand und gibt seine Arme schützend vor seinem Kopf, da er mit einem Angriff gegen ihn rechnet. Stattdessen hört er nur ein lautes Gelächter. Sofort sammelt er sich wieder, schnappt sich sein Handy und leuchtet damit wie wild umher, während er sich im Kreis dreht. Es sind drei Jugendliche, die sich einen Streich erlaubt haben. Wolfgang atmet tief durch, drückt danach seine Brust heraus und macht seine Schultern breit.

»Was glaubt ihr denn, wen ihr vor euch habt?! Verschwindet von hier, bevor es ungemütlich wird!«, brüllt er und untermauert seine Wut mit einer energischen Armbewegung.

Die drei Jugendlichen laufen lauthals lachend, wie von der Tarantel gestochen, wieder zurück in den Wald.

Beinahe hätte ich mich nicht mehr unter Kontrolle gehabt und denen etwas angetan. Die Jugend von heute hat nur mehr Blödsinn im Kopf. Zu meiner Zeit waren wir auch wild, aber wir hatten immer Respekt.

Respekt ist ein gutes Stichwort. Halb elf ist es mittlerweile! Das dicke Muttersöhnchen glaubt es kann mich verarschen. Was fällt dem ein, mich stehen zu lassen. Dem werde ich schon noch beibringen, wie er mit mir umzugehen hat. Am liebsten würde ich sofort zu ihm fahren, die Türe eintreten und ihn aus der Wohnung zerren.

Es wird besser sein, bis morgen zu warten, wer weiß, was ich mit dem heute anstellen würde. Morgen ist mein Gemüt vielleicht etwas abgekühlt, das wird trotzdem noch immer reichen, um ihm Manieren beizubringen. Auf das freue ich mich schon richtig, aber jetzt mache ich mir erst mal ein paar schöne Stunden mit Sabine und lasse mich ordentlich verwöhnen.

13 – Die Hütte

Peter schleppt sich in der Hoffnung, Wolfgang mit einem ruhigen Gespräch zur Vernunft bringen zu können, zu dem Gasthaus, in dem Wolfgang nahezu jeden Tag zu Mittag isst. Peter hat bereits den Griff der Eingangstüre in der Hand, als er stocksteif stehen bleibt. Er zögert, da ihm die Erinnerung seines ersten und letzten Besuches in dem Lokal einschießt und er sich am liebsten vor der Situation drücken würde.

Wenige Tage nachdem Peter hergezogen ist, war er im »Jagdhof«. Seine Hoffnung, er könnte hier jemanden kennenlernen und in der Gemeinde Anschluss finden, musste er schnell begraben. Sofort, als Peter bei der Tür hereinkam, wurde er von den Dorfbewohnern gemustert. Wie es in manchen Teilen am Land üblich ist, hat es ein Neuling von Haus aus bei den Alteingesessenen schwer. Die rochen förmlich seine Unsicherheit. Peter hatte noch nicht einmal zu Trinken bestellt, da wurde schon hinter vorgehaltener Hand über ihn getuschelt. Dennoch überwand er sich und suchte das Gespräch mit dem einen oder anderen, wo er allerdings auf wenig Gegeninteresse stieß und dies auch unweigerlich bemerkte. Die restliche Zeit während des Essens ist er still und eingeschüchtert an seinem Tisch gesessen. Als er die Rechnung bezahlte, sind bereits in voller Lautstärke völlig ungeniert die ersten abfälligen Kommentare gefallen. Das war für ihn der Knackpunkt, an dem er beschloss, nicht mehr aktiv

auf andere in der Ortschaft zuzugehen.
Peter lässt den Griff der Türe wieder aus, rümpft seine Nase, atmet tief durch und geht schließlich entschlossen hinein.
»Mahlzeit.« Peter versucht locker und selbstbewusst herüberzukommen. Sein Blick wandert umher und verweilt einige Zeit automatisch bei jenem Tisch, an dem er damals gesessen ist. Plötzlich hört er das Geräusch eines Sessels, der zurückgeschoben wird und mit voller Wucht zu Boden fällt. Es ist Wolfgang, der mit einer Vehemenz auf ihn zu stürmt. Peter ist so erschrocken und perplex, dass er gar keine Zeit hat zu reagieren. Wenige Zentimeter, bevor Wolfgang Peter erreicht hat, verschärft sich sein Gesichtsausdruck noch einmal drastisch und deutet Peter mit einem Kopfnicken, dass er ihm folgen soll. Mit halber Geschwindigkeit und in devoter Haltung watschelt er hinterher. Wolfgang wartet bereits mit verschränkten Armen zwei Zimmer weiter und befiehlt Peter, die Türe zu schließen, als er ebenfalls den Raum betritt. Wolfgang geht, ohne zu zögern auf Peter zu und stößt ihn drei Mal wortlos von einer zur anderen Seite. Danach packt er ihn energisch mit beiden Händen an seinem Kragen. Wolfgang starrt Peter mit einem grimmigen Blick von oben herab in die Augen. Er ist so nah vor seinem Gesicht, dass sich ihre Nasenspitzen beinahe berühren. Wolfgang verharrt in dieser Position, bis Peter schlussendlich den Augenkontakt abbricht. Es bereitete Wolfgang eine große Freude, als er die pure Angst in Peters Augen erkennen konnte. Wolfgang lässt ihn wieder los, stoßt ihn mit seinen großen Handflächen

derart stark zurück, dass Peter sich nicht mehr auf den Beinen halten kann und zu Boden stürzt.
»Du verdammter nichtsnutziger Drecksack! Wo warst du gestern? Ich lasse mich ungern verarschen!«, schreit Wolfgang ihn an.
Peter, der noch immer benommen auf dem Boden liegt und die rechte Hand ausgestreckt in die Höhe hält, als wolle er sein Gesicht schützen, versagt die Stimme und bekommt nur einen hellen, piepsenden Ton heraus. Wolfgang beginnt hämisch zu lachen.
»Was ist los? Hast du keine Eier in der Hose?«
»Wolfgang, bitte.« Peter beginnt zu husten.
»Für dich, bin ich der Herr Kraus, du Rotzbub!«
Peter fühlt sich derart in die Enge getrieben, wie es seit seiner Schulzeit nicht mehr vorkam.
»Siehst du.« Peter bricht den Satz ab und räuspert sich. »Sehen Sie nicht, dass ich nicht mehr kann. Ich gebe auf. Bitte können wir das bleiben lassen. Ich habe bezahlt und Sie hatten ihren Spaß. Sie haben gewonnen. Bitte lassen Sie mich in Ruhe. Ich ziehe so schnell als möglich von hier weg und wir werden uns niemals wiedersehen. Abgemacht?«
Mit so einer gnadenlosen Kapitulation hat selbst Wolfgang nicht gerechnet. Er dreht sich von Peter weg, hält sich nachdenklich die Hand an das Kinn, raucht sich genüsslich eine Zigarette an, geht ein paar Schritte auf und ab, ehe er sich wieder zu Peter wendet.
»Ich habe Verständnis für deine Situation und möchte nicht so sein.« Wolfgangs Mundwinkel wachsen in die Breite, als er die Hoffnung in Peters Gesicht sieht.

»Ich gebe dir noch eine Chance. Du legst mir das Geld heute Abend um 21 Uhr in die Hütte und wir vergessen alles. Ist das ein fairer Deal?«
Peter ist am Verzweifeln und bricht in Tränen aus.
»Was? Nein, bitte! Ich dachte, Sie würden mich in Ruhe lassen.«, sagt Peter mit zittriger Stimme.
»Das werde ich auch, aber du hast noch eine Rechnung zu begleichen. Wie gesagt, ich lasse mich nicht verarschen und schon gar nicht von dir!«
»Warum tun Sie das? Sehen Sie nicht, wie ich leide und mein Geld brauchen Sie doch auch nicht?« Peter startet einen letzten Versuch, der jedoch sofort niedergeschmettert wird.
»Das geht dich einen Dreck an, warum ich das tue. Heute Nacht liegt das Geld in meiner Hütte. Um Missverständnisse vorzubeugen, ich meine die Hütte beim Bergbauernmuseum, bei der du erst vor einigen Tagen mit dem Markus und dem Müller Jakob auf der Suche nach der alten Hofbauer gewesen bist.«
»Woher wissen Sie, dass wir dort gewesen sind?«, fragt Peter völlig überrascht.
»Hast du es noch immer nicht kapiert?«, sagt Wolfgang, während er lacht, um danach wieder todernst zu werden.
»Du glaubst doch nicht wirklich, dass hier auch nur irgendetwas passiert, von dem ich nicht erfahre.«
Wolfgang wirft Peter den Schlüssel der alten Hütte vor die Beine.
»Hier hast den Schlüssel, lass ihn dann in der Hütte bei dem Geld liegen und jetzt verschwinde! Ich will etwas essen, ich habe Hunger!«

Peter steht langsam auf und geht vorsichtig bei Wolfgang vorbei, während er ihn anschaut, aber dennoch beharrlich Augenkontakt vermeidet. Die letzten Meter läuft er beinahe panisch aus dem Lokal hinaus.
Die fragenden Blicke, die Wolfgang treffen, als er wieder zu seinem Tisch zurückkommt, tut er mit einer verachtenden Handbewegung ab.
»Er ärgert mich seit zwei Monaten bis aufs Blut, weil er in der neuen Wohnanlage bei der Grassermühle eine Dachgeschosswohnung haben möchte. Ich glaube, jetzt hat er es verstanden, dass daraus nichts wird.« Am Stammtisch bricht ein spöttisches Gelächter aus, bis es beim darauffolgenden kollektiven Zuprosten wieder langsam verstummt.

Verdammt! Zum Glück bin ich aus dem Lokal heraus. Das war seit Langem der schlimmste Moment für mich. Schlimmer als jener Moment, in dem ich von Stefans Tod erfahren habe und auch schlimmer, als ich realisiert habe, dass ich die Frau Hofbauer umgebracht habe.
Ich schäme mich für diesen Gedanken, aber es ist nun einmal so. Ich fühlte mich derart schwach und hilflos. Es ist schwer, so etwas zu beschreiben. Die Gedanken zu sortieren und diese in Worte zu fassen. Ich habe nicht die geringste Chance und Möglichkeit für mich gesehen. Ich konnte ihm nicht einmal ansatzweise Paroli bieten oder flüchten. Ich hätte mir tatsächlich beinahe in die Hose gemacht. Ich möchte gar nicht daran denken, wie sich dieses machtsüchtige Arschloch darüber gefreut hätte.
Wie kann man nur so aggressiv sein?

Wie kann man nur so viel Freude daran haben, auf Schwächere loszugehen und andere zu quälen?
Was ist das nur für ein Mensch?
Ich dachte, er würde einsehen, dass er es übertrieben hat und mich in Ruhe lassen, stattdessen setzt er noch einen drauf. So wie es aussieht, muss ich da wohl noch ein letztes Mal durch.
Ich werde schon zwei Stunden früher hinfahren, dann habe ich noch etwas Zeit, um Harald meine Kündigung mitzuteilen. Danach lege ich Herrn Kraus das verdammte Geld in die Hütte und bin für immer weg, ohne dass ich ihm noch einmal in die Quere komme!
Vermutlich würde mich dieser Dreckskerl selbst in Kärnten finden und seine Psychospielchen weiter betreiben.
Stell dir vor, du bist mit Julia verheiratet, ihr habt zwei Kinder und alles läuft perfekt. Dann kommst du von einem Kunden nach Hause und es liegt ein neuer Drohbrief mit einem Foto auf dem Tisch.
Oder noch schlimmer. Julia oder eines der Kinder liest den Brief und sieht das Foto!

Es ist 21 Uhr 15, die Sonne schimmert nur noch leicht rötlich in der Ferne. Wolfgang wartet seit einer halben Stunde beim Viehgatter, welches den Buschenschank zu dem Weg hinunter zu der Hütte trennt. Er hat sein Auto etwas abseits geparkt, um Harald aus dem Weg zu gehen, da er momentan keine Nerven für seine aufdringliche Art hat. Von Peter ist nach wie vor weit und breit nichts zu sehen. Wolfgang wollte ihn abpassen oder ihn zumindest beobachten, wenn er zu der Hütte hinuntergeht. »Das kann es doch nicht sein! Kneift der Versager schon wieder? Meine Geduld mit ihm ist wirklich am Ende. Ich gehe jetzt zu der Hütte hinunter und wenn das Geld nicht drin liegt, dann kann er schon einmal zu beten beginnen.« Wolfgang stürmt mit großen Schritten und einer gehöriger Portion Wut den holprigen Weg hinunter. Er malt sich währenddessen zig Szenarien aus, was er alles mit Peter anstellen wird, wie er ihn am besten fertigmachen und vor der ganzen Gemeinde bloßstellen kann.

Unten angekommen reißt er die Eingangstür der Hütte auf, in welcher er noch am Wochenende zuvor mit Sabine übernachtet hat. Es ist finster und mucksmäuschenstill, nur der kleine Bach hinter der Hütte plätschert in der Dunkelheit vor sich hin. Wolfgang holt sein Handy heraus und leuchtet auf der Suche nach dem Geld die zwei Räume aus. Er schlägt wütend mit seiner Faust gegen die Holzwand und schreit vor sich hin, als er bemerkt, dass Peter nicht hier war.

Um sich zu vergewissern, ob er das Geld nicht übersehen hat, wirft Wolfgang, bevor er die Hütte verlässt, noch einmal einen Blick in den Schlafraum. Womöglich will er aber auch nur noch einmal seine Erinnerung an die Nacht mit Sabine auffrischen.

Plötzlich hört er hinter sich zwei schnelle Schritte und das Knarren des Bodens. Wolfgang dreht sich reflexartig um, doch er ist zu langsam. Ein kräftiger Schlag trifft ihn auf der Stirn. Seine Beine geben nach und er geht mit einer großen Platzwunde zu Boden. Wolfgang schaut völlig entgeistert hinauf. Er kann nur eine Silhouette erkennen. Mit beiden Händen versucht Wolfgang hastig sein Handy am Boden zu ertappen, was er jedoch schnell aufgibt, da sich der Schatten vor ihm bewegt und er einen weiteren Schlag erwartet. Wolfgang robbt am Rücken liegend mit den Armen über dem Kopf nach hinten, bis er an die Wand stößt. Mit aller Macht drückt er sich in die Höhe, um einen Gegenangriff zu starten. Doch ehe er sich aufrichten kann, wird ihm der zweite Hieb verpasst. Diesmal noch heftiger als zuvor, sodass Wolfgang bewusstlos zusammensackt.

Einige Minuten später kommt er langsam zu sich und öffnet blinzelnd seine Augen. Mittlerweile hat ein leichter Regen eingesetzt, die Tropfen prasseln leise in unregelmäßigen Abständen auf das Dach der Hütte.
Wolfgang sitzt mit dem Gesicht zur Wand gerichtet, auf einem Holzsessel. Vor ihm steht ein Tisch, auf dem sich drei brennende Kerzen befinden.
»Zum Teufel noch mal! Was ist hier los?«
Wolfgang bemerkt, dass er nackt und an den Hand- und Fußgelenken gefesselt ist.
»Warum zur Hölle bin ich nackt und was sollen die Kerzen an dem Tisch? Ist das ein satanisches Ritual?«, sagt er in ungläubigen Ton. Beinahe so, als möchte er einen sarkastischen Witz machen.
Wolfgang bekommt keine Antwort und rüttelt so gut es geht mit den Händen hin und her. Doch die Kabelbinder sind zu eng und widerstandsfähig. Er probiert es noch einmal, diesmal bewegt er den kompletten Körper mit. So, dass er beinahe mit dem Sessel zur Seite umfällt. »Hallo! Ist da jemand?«

Wolfgang dreht seinen brummenden Kopf in alle Richtungen. Doch er sieht nichts als die Dunkelheit in seinem Rücken.

»Zeige dich, du feiges Gesindel! Das wirst du bitter bereuen!«

Auch wenn er es nicht zugeben würde und es sich schon gar nicht anmerken lässt, aber mit jeder Sekunde, die verstreicht und er keine Antwort bekommt, wird er nervöser.

»Ich weiß, dass du es bist, Peter! Noch gebe ich dir eine Chance, aus der Sache herauszukommen. Binde mich los und wir vergessen den Vorfall.«

Wolfgang wartet zwanzig Sekunden auf eine Antwort, die sich für ihn ewig anfühlen.

»Dann nicht! Ich kann hier warten. Spätestens morgen wird mich sowieso jemand suchen und finden und dann bist du dran. Das ist kein Problem für mich!«, sagt er in einer drohenden Art und Weise, die ihm selbst Kraft und Sicherheit gibt.

Wenige Sekunden später hört er hinter sich langsame Schritte auf ihn zukommen. Besonders fällt ihm dabei die Gangart auf, die auf dem Holzboden eigenartige Geräusche erzeugt. Es hört sich so an, als würde die Person die Fersen mit einer Wucht in den Boden rammen und danach den restlichen Fuß abrollen und schließen wieder die Zehenspitzen stärker hinunter drücken.

Wolfgang dreht seinen Kopf immer wieder schlagartig von links nach rechts, doch es ist vergebens, er kann nicht erkennen, wer hinter ihm steht.

»Wusste ich es doch, dass du vernünftig bist und mich

losmachst. Eine gute Entscheidung!«

Plötzlich spürt er einen weichen Gegenstand auf seiner Stirn, der sich wie ein Tuch anfühlt.

»Werde ich jetzt verarztet?«

Noch glaubt Wolfgang, dass ihm geholfen wird, doch das Tuch wundert langsam vor seine Augen und wird schließlich auf seinem Hinterkopf zusammengebunden.

»Was soll der Scheiß? Gib das sofort wieder hinunter!«

Wolfgang spürt, dass jemand links von ihm stehen bleibt und hört, wie mehrere Dinge auf den Tisch vor ihn gelegt werden. Danach verweilt die unbekannte Person für einige Sekunden wortlos hinter Wolfgang, der wieder den Kopf ruckartig von links nach rechts bewegt und mit dem Gesäß hin und her rutscht. Erst als er sich für einige Zeit beruhigt hat, wird ihm das Tuch abgenommen. Sein Blick fällt sofort auf die Gegenstände, welche auf den Tisch gelegt worden sind. Er hat Mühe, diese im Kerzenflackern genau zu erkennen. Zuerst identifiziert er einen Hammer, der bestimmt schon ein halbes Jahrhundert alt ist. Daneben liegt ein Fuchsschwanz, dessen Griff sich bereits auflöst. Eine Zange, welche extrem vom Rost befallen ist. Der vierte Gegenstand ist ein simples Küchenmesser. Es dauert einige Sekunden, bis Wolfgang realisiert, was man damit alles anstellen könnte.

»Um Gottes willen! Was hast du vor?«

Er hört wieder, diese lauten, aber langsame Schritte, die immer näherkommen und schließlich verstummen. Wolfgang bekommt abermals die Augen verbunden, diesmal allerdings um einiges strammer. Er kann spüren,

wie sein Puls an den Schläfen pulsiert.
»Bist du komplett wahnsinnig? Lass mich jetzt sofort gehen! Damit kommst du nicht durch!«
Noch hofft Wolfgang, dass es sich um einen Scherz handelt und er nur eingeschüchtert werden soll.
Doch diese Hoffnung stirbt kurz darauf.
Wolfgang jault auf.
Er spürt an der Fingerkuppe seines linken Zeigefingers einen höllischen Schmerz.
»Du Arschloch! Was hast du getan?«, schreit er sich die Seele aus dem Leib.
Sein Peiniger übt sich nach wie vor im Schweigen. Als nonverbale Antwort wird ihm das Tuch von seinem Kopf entfernt. Wolfgang starrt mit Entsetzen auf den blutüberströmten und pochenden Finger. Er kann erst gar nicht erkennen, woher genau das viele Blut kommt. Als er Luft holt, um weiter zu schimpfen, sieht er seinen Fingernagel auf dem Tisch liegen. In demselben Moment spürt er, wie sich etwas Kaltes an sein rechtes Ohrläppchen klammert, dieses zusammen gezwickt und anschließend hinuntergerissen wird. Das Blut schießt aus dem zerrissenen, übrig gebliebenen Ohrfetzen heraus. Sein Peiniger lässt den abgerissenen Teil seines Ohres auf seinen nackten Oberschenkel fallen und beobachtet in Ruhe die folgende Reaktion. Wolfgang schreit minutenlang vor Schmerzen wie am Spieß. Er übertönt mit Leichtigkeit das leichte Gewitter, dass soeben eingesetzt hat.
Sein Ohr sticht, als hätte ihm jemand einen Nagel vertikal hinein gehämmert. Langsam wandelt sich das Schreien in

ein Jammern.
Wenige Minuten später hat sich Wolfgang, der sich als äußerst zäh erweist, jedoch wieder einigermaßen im Griff. Er versucht, so gut es geht, keine Schwäche zu zeigen und will sich von den Schmerzen ablenken. Wieder beginnt er lautstark zu fluchen und ruft eine Durchhalteparole nach der anderen. Währenddessen rüttelt und wackelt er wieder mit dem Sessel. Seine Hand- und Fußgelenke sind von dem Druck, den er ausübt, bereits blau unterlaufen. Dieses Mal übertreibt er es mit dem Schaukeln und kracht ungebremst mit dem Hinterkopf auf den Boden. Er liegt handlungsunfähig wie eine Schildkröte auf dem Panzer und ist selbst überrascht, nicht das Bewusstsein verloren zu haben. Es vergehen einige Minuten, in denen nichts passiert. Auch Wolfgang hält inne und versucht langsam und gleichmäßig zu atmen, um sich seine restlichen Kräfte zu sparen.
»Was ist jetzt? Lässt du mich so liegen und verbluten?«
»Hast du eigentlich schon gehört? In Bad Eisenkappel haben sie vor wenigen Stunden eine Leiche gefunden. Es soll sich um die Frau Hofbauer handeln. Wohnen dort nicht deine Eltern?«, sagt Wolfgang in sehr ruhigem Ton.
Er bekommt weiterhin keine Antwort.
»Du hast jetzt ein Problem, weil ich auf dem Rücken liege und dich sehe, sobald du herkommst, oder? Damit hast du wohl nicht gerechnet!«
Noch bevor er den Satz zu Ende gesprochen hat, bereut er diesen, da er seiner Meinung nach impliziert, dass Wolfgang sterben muss, falls er sein Gegenüber zu Gesicht bekommt.

Während weitere Minuten verstreichen, werden die zwei Blutlachen auf dem Boden immer größer und verschmelzen langsam, aber sicher zu einer. Immer wieder denkt Wolfgang darüber nach, wie lange er es noch schafft, bis er bewusstlos wird und verblutet.

Wolfgang vernimmt Geräusche, die er allerdings nicht genau zuordnen kann, da sein rechtes Ohr taub geworden ist. Kurz darauf kommt die Silhouette, die sich eine dünne Stoffbettdecke ausgebreitet, vor seinen Körper und sein Gesicht hält. Wolfgang schluckt. Damit hat er nicht gerechnet. Kurz bevor es für ihn wieder finster wird, versucht er noch anhand der Finger und Schuhe zu erkennen, wer sein Gegenüber sein könnte, was ihm jedoch aufgrund der düsteren Lichtverhältnisse nicht gelingt.

Wolfgangs Kopf und sein Oberkörper werden mit der Bettdecke komplett umwickelt, danach wird er in einem Ruck in eine aufrechte Sitzposition gebracht. Er sitzt eingewickelt in der Decke, ringt um Luft und erwartet den nächsten heftigen Schmerz, doch der bleibt vorerst aus.

Was soll das jetzt?! Will mich dieses Arschloch ersticken?

Nicht zu wissen, was auf einen als nächstes zukommt oder wann es passieren wird, ist auch eine Art von Folter! Diese Ungewissheit nagt schön langsam an meinen Nerven.

Aber ich werde herauskommen! Ich schaffe das!

Und dann ist er fällig, ich werde ihm das Leben zur Hölle machen. Der wird sich in der Gefängniszelle aufhängen, der kranke Bastard!

Ich muss hier nur so schnell wie möglich heraus, wer weiß, was als Nächstes kommt und wer weiß, wie lange ich das noch durchhalte.
Soll ich meine Taktik ändern?
Vielleicht dringe ich zu ihm durch, wenn ich ihm ein schlechtes Gewissen einrede.

Wolfgang wird aus der Decke gewickelt. Sein blutiges Ohr hat sich mit den Fasern verklebt, was ihm heftige Schmerzen zufügt, die er allerdings gekonnt überspielt, indem er die Zähne zusammenbeißt.
»Hast du eigentlich deinen Eltern erzählt, dass du ein Mörder bist?
»Nein?« Was glaubst du, wie werden sie reagieren, wenn sie das Erfahren werden?«
»Ich kann dir helfen. Es wird nie ans Tageslicht kommen, wenn du mich gehen lässt.«, sagt Wolfgang in einfühlsamen Ton.
Plötzlich ist ein lautes Knacken von draußen zu hören.
Wolfgang beginnt, um sein Leben nach Hilfe zu schreien. Allerdings nicht lange, denn kurz darauf bekommt er einen weiteren Schlag an seinem Kopf, der einen abscheulichen dumpfen Ton mit sich bringt.
Eiskaltes Wasser, welches von seinem Kopf abwärts über den Körper rinnt, reißt ihn aus der Bewusstlosigkeit.
»Was? Was ist los?«, stammelt er vor sich hin.
Wolfgang braucht einen Augenblick, bis ihm wieder klar wird, in welch misslicher Lage er sich befindet. Sein Körper ist aus einer Mischung mit kaltem Wasser, Schweiß und Blut völlig durchnässt.

Scheiße, mein Schädel zerplatzt gleich!
Da war doch jemand vor der Hütte!
Warum hilft mir denn niemand?

»Vielleicht war es auch nur ein Reh.«, sagt Wolfgang etwas resignierend und unbeabsichtigt laut.

Ich hoffe, das war nicht meine letzte Chance.
Scheiße, er kommt wieder. Es geht weiter.

Wolfgang sieht, wie der Schatten seines überlegenen Gegners sich links hinter ihn kniet. Mehr kann er abermals nicht erkennen, da mittlerweile nur noch zwei Kerzen brennen und ihm das Blut sein linkes Auge fast vollständig verklebt hat.
Wolfgang spürt einen leichten Reiz an seiner Achillesferse.
»Was machst du da? Lass den Scheiß!«
Dieses Gefühl geht nahtlos in einen heftigen Schmerz über, der sich immer mehr steigert und nicht aufzuhören scheint.
»Ich mache alles was du willst, aber bitte lass mich gehen!«
Wolfgang bettelt zum ersten Mal ernsthaft in seinem Leben, was jedoch keinerlei Auswirkungen hat.
Sein Peiniger bemerkt, dass Wolfgang zwischendurch immer wieder ohnmächtig wird und wartet geduldig mit der Fortführung der Prozedur, bis Wolfgang wieder das Bewusstsein erlangt. Entweder bekommt er wie zuvor einen kalten Kübel Wasser über den Körper geschüttet, oder es folgt ein anderer Schmerzreiz, um ihn wieder

munter zu bekommen.

Heilige Scheiße! Es könnte theoretisch auch die Claudia sein!
Sie hat mir geschworen, sich eines Tages zu rächen.
Diese Schlampe!

Wolfgang ist sich mittlerweile nicht mehr sicher, ob er von Peter gefoltert wird. Er traut ihm dieses gnadenlose und sadistische Verhalten einfach nicht zu. Außerdem kann er sich beim besten Willen nicht vorstellen, von ihm derart überrumpelt zu werden.

Sie war es doch, die mich damals verführen wollte, und dann machte sie einen Rückzieher, weil sie unsicher wurde, weil es angeblich ihr erstes Mal war.
Selbst schuld!
Schlimm genug, was ich danach ihretwegen für Probleme mit ihrem Vater hatte.
Außerdem würde es ihr ähnlich schauen, so etwas an jenen Ort durchzuziehen, an dem das damals passiert ist.

»Ich wollte dich nicht vergewaltigen, Claudia! Es tut mir leid, ich schwöre! Ich war damals jung und dumm. Ich konnte nicht abschätzen, was ich tat. Es war ein großer Fehler, ich wünschte, ich könnte es rückgängig machen!« Wolfgang wünscht es sich tatsächlich, dass er die Vergewaltigung rückgängig machen könnte, allerdings nicht aus Reue vor der Tat selbst, sondern um seine jetzige Situation zu umgehen.
Aber auch diesmal bekommt er keine Antwort, es folgen nur ein lauter Knall und die nächste Bewusstlosigkeit, als

die Achillessehne vollständig mit dem maroden Fuchsschwanz durchgesägt wurde.
15 Minuten später erlangt Wolfgang das Bewusstsein und öffnet sein rechtes Auge. Sein Linkes ist mittlerweile vollständig mit Blut verklebt. Er wirkt etwas überrascht, noch einmal aufzuwachen und ist sich nicht sicher, ob er sich darüber freuen soll. Der unmenschliche Schmerz und die Ungewissheit, was ihn noch erwarten könnte, haben ihn tatsächlich gebrochen.

Lange halte ich das nicht mehr durch.
Ich hoffe, die Sonne geht bald auf und sie suchen nach mir. Bis die mich finden, wird das sicher auch ein paar Stunden dauern.
Es ist hoffnungslos.
Im Grunde ist es egal, ob ich wegen Peter oder Claudia oder sonst jemanden hier sitze. Der Grund ist doch immer derselbe. Ich wollte nur Macht ausüben, über andere herrschen und entscheiden. Sehen, wie sie von mir abhängig sind und mich anbetteln. Es macht mir eben Spaß, wenn ich das Leben anderer kontrollieren und steuern kann.
Welche Ironie des Schicksals, dass ich die vermutlich letzten Stunden meines Lebens auf der anderen Seite des Spiels verbringe. Ich habe mir nie darüber Gedanken gemacht, wie es den anderen dabei ergangen ist.
Wozu auch? Mir ging es gut.
War es das wert?
Ich bin mir sicher, dass ich trotzdem alles genauso wieder machen würde. Es ist nun mal mein Charakter.

Sein Peiniger kehrt wieder zurück. Mittlerweile brennt

nur noch eine Kerze. Wolfgang kommt kurz in den Sinn, ob es sich dabei um eine Metapher handeln könnte und er mit aller Macht verhindern muss, dass die letzte Kerze, seine Lebenskerze, ausgepustet wird.
Doch wie soll ihm das gelingen?
Sein Kopf wird an seinen Haaren nach hinten gerissen und mit einem Ruck wird ihm der untere Schneidezahn gezogen. Das Blut tritt derart stark aus der Wunde, dass Wolfgang für einen Moment glaubt, daran zu ersticken. Erst als sein Kopf losgelassen wird, kann er das angesammelte Blut hinunterschlucken.
Ihm fehlt die Energie, um das weitere Blut auszuspucken und lässt es nur noch mit vorgebeugtem Kopf aus seinem Mund heraus auf seinen Körper rinnen. Unmittelbar nachdem ihm der Zahn gezogen wurde, bekommt er die Spitze des Küchenmessers in das Schulterblatt hinein gerammt. Er spürt, wie sich die Klinge Millimeter für Millimeter durch sein Fleisch bohrt. Plötzlich sind aus der Ferne Polizeisirenen zu hören. In Wolfgang keimt noch einmal Hoffnung auf. Abermals brüllt er um sein Leben und rüttelt so gut er noch kann mit seinem Körper auf dem Sessel hin und her.
Sein Quäler lässt sich nicht aus der Ruhe bringen. Er geht in das Schlafzimmer, kommt wenig später wieder heraus, geht zu dem Tisch vor Wolfgang und bläst mit einem beherzten Hauch die letzte Kerze aus, während ein lautes Donnergrollen niedergeht.
»Nein! Nicht!«
Wolfgang, der sein Gegenüber im letzten Moment erkennen kann, muss einen kräftigen Hieb mit dem

Hammer frontal auf seine Stirn hinnehmen. Von den darauffolgenden Schlägen bekommt er nichts mehr mit. Der Peiniger reißt die Eingangstüre der Hütte auf, stürmt hinaus und läuft den Weg zum Buschenschank hinauf, wo ihm die Polizisten mit ihren Taschenlampen und gezogenen Pistolen entgegenkommen.

»Stehen bleiben!«, schreit einer der Polizisten.

Der Flüchtige widersetzt sich der Anweisung und ändert seine Richtung über die Pferdekoppel. Wenig später darauf folgt ein Warnschuss in die Luft. Nach einem kurzen Moment, in dem die entkommene Person innehält, sprintet sie in die Dunkelheit des Waldes, verfolgt von zwei Polizisten. Noch haben die Beamten keine Ahnung, mit wem sie es zu tun haben, sie konnten lediglich erkennen, dass es sich um eine nicht allzu große Person eher jüngeren Alters handelt. Sie wissen jedoch noch nicht einmal, ob es eine männliche oder weibliche Person ist. Mit Bedacht gehen sie Schritt für Schritt tiefer in den Wald hinein. Schließlich verstummen die Geräusche der Laufbewegungen. Sie schließen daraus, dass sich die Person irgendwo versteckt hat.

»Kommen Sie mit erhobenen Händen heraus, dann wird Ihnen nichts passieren!«

Die Sekunden verstreichen. Nur ein Uhu ist in der Ferne zu hören. Die Polizisten rücken Meter um Meter weiter nach vorne, immer weiter in den Wald hinein. Plötzlich ist ein lautes Aufschreien zu hören. Einer der Polizisten spürt einen weicheren Untergrund unter seinem rechten Fuß und zieht die Hände, ausgerüstet mit der Taschenlampe und der Dienstwaffe reflexartig hinunter.

Er war nur einen Bruchteil einer Sekunde davon entfernt, den Abzug zu drücken. Seine Augen blicken in ein ängstliches Gesicht, welches zum Teil mit schützenden Händen verdeckt ist. Erst im zweiten Moment erkennt der Polizist, um wen es sich handelt.

»Ich habe ihn! Schnell! Komm her! Es ist der Dobernik Peter!«, schreit der Polizist zu seinem Kollegen, während er weiterhin die Waffe auf Peter richtet.

Peter liegt in der Embryostellung in einer kleinen Grube, in der er sich äußerst stümperhaft versucht hat, zu verstecken.

Der zweite Polizist legt ihm sehr ruppig die Handschellen an, reißt ihn mit einem herzhaften Ruck in die Höhe und zerrt ihn aus dem Wald hinaus.

Peter, der völlig paralysiert wirkt, kann sich nicht erklären, wie er in die Situation gekommen ist.

»Was soll das? Was macht ihr mit mir?«

Peter bekommt keine Antwort und versucht weiterhin verzweifelt Informationen zu bekommen.

»Ich weiß gar nicht was das hier soll und wie ich hierhergekommen bin!«, schreit er mit einer weinerlichen Stimme.

Während Peter auf die Rückbank des Polizeiautos befördert wird, ruft er noch einmal, dass er nichts verbrochen hat.

Gustav, der die Aktion etwas abseits beobachtet, stürmt wie von Sinnen auf Peter zu. Nur durch große Mühe der zwei Polizisten kann er zurückgehalten werden.

»Das ist der Mörder meiner Mutter!«, schreit Gustav immer wieder.

Einer der beiden Polizisten versucht Gustav zu beruhigen.
»Wer sind Sie und wer ist ihre Mutter?«
»Mein Name ist Gustav Hofbauer. Ich bin der Sohn der verschwundenen Anna Hofbauer.«
»Wie kommen Sie zu der Annahme, dass der junge Mann ihre Mutter ermordet hat?«
Währenddessen gesellt sich mit Markus ein weiterer Polizist hinzu und versucht den aufgebrachten Gustav mit einer monotonen Stimme zu beruhigen und legt zeitgleich seine Hand auf Gustavs Schulter.
»Hallo Gustav, ich habe gehört, du weißt, was mit deiner Mutter passiert ist?«
»Ich war zuvor unten bei der Hütte und habe durch das Fenster gesehen, wie jemand Wolfgang gequält hat. Der erzählte dann, dass der Leichnam meiner Mutter in Bad Eisenkappel gefunden wurde. Ich war so kurz davor in die Hütte zu stürmen, aber leider bin ich dummerweise auf einen Ast getreten und hatte somit das Überraschungsmoment nicht mehr auf meiner Seite, welches ich gebraucht hätte, um den Psychopathen zu entwaffnen. Danach bin ich sicherheitshalber hochgelaufen, wo ich wieder einen Handyempfang hatte, und habe euch angerufen.«
Gustav würde niemals zugeben, dass sein eigentliches Motiv der Flucht seine Angst war, die ihn übermannt hat.
»Karl, überprüfe die Angaben bitte.«, sagt Markus zu seinem Kollegen.
»Dieses Arschloch hat mich hintergangen!«, flucht Gustav vor sich hin.

»Wer?«

»Wolfgang!«

»Das musst du mir jetzt in kurzen Worten genauer erklären! Was machst du denn überhaupt hier?«. Noch kann sich Markus keinen Reim aus der Situation bilden.

»Wolfgang hat mich vor ein paar Tagen darüber informiert, dass meine Mutter nicht zu einem vereinbarten Treffen erschienen und spurlos verschwunden ist. Im Nachhinein sind mir einige Dinge seltsam vorgekommen, unter anderem habe ich mich gefragt, warum sich die zwei miteinander treffen sollten. Die haben noch nie etwas miteinander zu tun gehabt. Deshalb bin ich nach und nach misstrauisch geworden und habe in Eigenregie zu schnüffeln begonnen. Ich hatte schnell im Gefühl, dass Wolfgang und der Andere irgendetwas mit dem Verschwinden meiner Mutter zu tun hatten. Wolfgang, weil er, wie schon erwähnt, nie etwas mit meiner Mutter zu tun hatte und weil ich ihn kenne und weiß, wie er tickt. Der andere Typ, ich glaube Peter ist sein Name, ist mir von Anfang an suspekt vorgekommen. Sein Verhalten am Tag der Suchaktion war äußerst auffällig, wie nervös er sich bewegt hat, seine Blicke, die mich ständig gestreift haben. Danach sah ich ihn in St. Pölten, bei meiner Arbeit. Er rief mir hinterher, nur um dann blitzartig zu verschwinden, als ich ihn fragte, was er von mir will. Kurz zuvor sah ich schon im Augenwinkel, dass er irgendetwas unter einem Auto gemacht hat. Wie ich nachher festgestellt habe, hat es sich um ein eingewickeltes Stück Teppich mit einem Fleck darauf gehandelt. Da ich ein Experte auf meinem Gebiet bin, habe ich sofort erkannt, dass es sich um ein Stück Teppich aus einem Auto handeln muss.«

»Hast du das Teil noch?«, fragt Markus etwas aufgeregt.

»Ja natürlich, das kann ich dir nachher gerne geben.«

»Auf jeden Fall, wir werden das ins Labor schicken.«

Gustav erzählt weiter.

»Dann hat er uns versucht zu belauschen, als wir uns auf dem Fußballplatz getroffen haben und der Anwalt von Wolfgang zufällig zu uns gestoßen ist. Ich habe dir damals nichts erzählt, weil ich ihn zu diesem Zeitpunkt schon im Verdacht hatte und es selbst herausfinden wollte. Der krönende Abschluss, der meine Theorie vollständig bestätigt hat, war der Abend der Saisonabschlussfeier, auf der ich mir erhoffte, von den betrunkenen Dorfbewohnern mehr zu erfahren. Peter fiel wieder mit seinem hektischen Verhalten auf, er führte auch ständig Selbstgespräche. Später ging er auf mich zu und wurde im letzten Moment vehement von Wolfgang weggerissen und auch verbal bedroht. Da wusste ich, dass etwas nicht stimmt.«

»Das ist zwar alles etwas weit hergeholt, wir werden das aber natürlich überprüfen. Das erklärt aber noch immer nicht, wie du hierhergekommen bist.«

»Heute Abend habe ich durch einen Zufall von einem netten älteren Herrn erfahren, ich glaube Jakob war sein Name, dass sich der Wolfgang und Peter einen heftigen Streit im Lokal »Zum Jagdhof« geliefert haben und dass Wolfgang ihn dazu aufforderte, am Abend zur Hütte zu kommen.«

»Woher kanntest du den Wolfgang?«

»Was meinst du mit kanntest?«, wirft Gustav ungläubig ein.

»Er ist tot.«, sagt Markus, dessen Gesicht noch immer von der Tatortbesichtigung in der Hütte kreidebleich ist.

Gustav zieht seine Augenbrauen in die Höhe und erzählt etwas geschockt weiter.

»Wir sind gute Bekannte gewesen und kannten uns seit Jahren, weil er seine Autos bei mir gekauft hat.«

Markus nickt langsam mit seinem Kopf und winkt zeitgleich einen Kollegen zu sich. Er lässt Gustav links liegen und geht mit dem anderen Polizisten ein paar Schritte zur Seite.

»Schau bitte, dass niemand mehr in die Hütte hineingeht. Die Spurensicherung und Kriminalpolizei habe ich schon verständigt. Das ist richtig übel und eine Nummer zu groß für uns. Außerdem ist es besser, wenn wir uns da nicht einmischen. Warst du schon in der Hütte drinnen?«

»Nein. Ist es wirklich so schlimm?«, fragt sein Kollege skeptisch.

»So etwas habe ich noch nie in meinem Leben gesehen. Länger als eine halbe Minute konnte ich nicht drinbleiben. Der Boden ist mit Blut getränkt. Sein Kopf ist vollständig eingeschlagen und zertrümmert. Seine Achillesferse ist komplett offen und auf seinem Rücken sind drei Buchstaben eingeritzt. Sieht nach einem »J«, einem »U« und einem »L« aus. Wie er von vorne aussieht, weiß ich nicht. Mehr konnte und wollte ich mir nicht anschauen.«

Sein Kollege steht mit verzerrtem Gesicht vor ihm und schüttelt den Kopf, währenddessen Gustav die zwei ruppig unterbricht.

»Was ist jetzt mit meiner Mutter? Wisst ihr schon etwas?!«

»Ich frage nach und dann musst du von hier verschwinden, bevor die Kripo kommt.«

Markus kehrt wenige Sekunden später zurück und informiert Gustav darüber, dass es sich um eine Fehlinformation handelt und in den letzten 24 Stunden keine Leiche gefunden wurde.

14 – Epilog

Es dauerte weitere acht Tage, bis die Polizei den Leichnam von Frau Hofbauer finden konnte.

Peter wurde bereits am Tag nach seiner Festnahme in die psychiatrische Klinik nach Baden überstellt und befindet sich dort seit zwei Wochen. Nachdem Margarethe und Ivan dem Arzt alles über Peters Vergangenheit erzählt hatten, vermutet dieser, dass der Tod von Stefan und der Unfall mit Frau Hofbauer, aufgrund hoher psychischer Belastung Peters erneute Schizophrenie ausgelöst hast.

Margarethes erster Verdachtsmoment, als Peter vor ihrem Haus kurz nach seinem Zusammenbruch so tat, als würde er telefonieren, war im Nachhinein betrachtet goldrichtig. Seit dem Zusammenbruch wuchs in Peter seine zweite Persönlichkeit, die nach und nach mehr die Kontrolle übernahm. Der Höhepunkt und damit die vollständige Übernahme von Julia war kurz nach dem Streit mit Wolfang in dem Lokal, in dem sich Peter eine Klärung erhoffte und stattdessen eine Demütigung erfuhr.

Gelegentlich wird er vom behandelten Arzt, seinen Eltern und der Polizei zu den Ereignissen befragt. Eine Reaktion darauf bleibt jedoch meistens aus. Peter liegt überwiegend auf dem Rücken im Bett und starrt auf den Plafond.

»Herr Dobernik! Können Sie mich hören? Verstehen Sie, was ich Ihnen mitteilen möchte?«, fragt ihn der Oberarzt.

Peter räuspert sich leise und gibt mit krächzender Stimme ein paar Laute von sich, die jedoch niemand im Raum verstehen kann. Margarethe und Ivan stehen direkt neben ihm. Ivan hat den Arm um seine Frau gelegt und Margarethe hält mit ihren beiden Händen die Hand von Peter fest umklammert. Auf der anderen Seite des Bettes befindet sich der Oberarzt mit Peters aufgeschlagener Akte. Rechts seitlich hinter ihm stehen zwei groß gewachsene Kriminalbeamte.
»Wir schaffen das mein Großer. Wir sind für dich da.«, sagt Margarethe mit zittriger Stimme.
Peter spricht wieder ein paar Worte, die jedoch keiner der Anwesenden versteht.
»Herr Dobernik! Wir verstehen Sie nicht. Sie müssen endlich lauter und vor allem deutlicher sprechen!«, ermahnt ihn genervt einer der zwei Kriminalbeamten und ernten dafür einen giftigen Blick von Margarethe.
Peter beginnt sich wieder zu räuspern, holt tief Luft und schafft es diesmal verständlichere Worte herauszupressen.
»Wo ist meine Freundin? Was habt ihr mit ihr gemacht?«
»Na endlich erzählt er mal etwas.« Diesmal bekommt der Kriminalbeamte den ermahnenden Blick vom Oberarzt, der sogleich das Gespräch wieder übernimmt, die Akte öffnet und etwas notiert.
»Wen meinen Sie?«
»Julia!«
Alle Anwesenden, sogar die beiden Kriminalpolizisten, erschrecken, da niemand damit rechnete, dass Peter

derart energisch reagieren würde. »Julia?«, wiederholt der Oberarzt auf eine ungewollt provokante Art.
Peter bäumt seinen Oberkörper auf und strotzt plötzlich vor Kraft. Dabei bemerkt er, dass seine Beine und Arme angebunden sind, was ihn jedoch nicht zu stören scheint.
»Ja! Julia!«
Peter dreht seinen Kopf zu seiner Mutter hinüber und blickt sie mit einem verstörend verwirrten Blick an.
»Wie geht es ihr? Wann kann ich sie sehen?«
Seine Mutter kann ihre Gefühle nicht mehr unterdrücken und beginnt hemmungslos zu weinen.
Dem zweiten Kriminalbeamten, welcher weitaus freundlicher gesinnt ist, geht sofort ein Licht auf.
»Hätten die drei Buchstaben, die Sie in den Rücken des Herrn Kraus geritzt haben, das Wort Julia ergeben sollen?«
Peter schaut den Mann verdutzt an.
»Was soll ich getan haben? Ich habe niemanden irgendetwas in den Rücken geritzt!«
»Das steht eindeutig außer Zweifel. Sie wurden am Tatort festgenommen. Es war keine andere Person in der Nähe und wir haben Ihre DNA an den Werkzeugen in der Hütte gefunden.«
Man erkennt, wie der Satz in Peters Kopf zu arbeiten beginnt.
»Ich kann mich erinnern, dass ich verhaftet wurde, allerdings weiß ich nicht, wie ich dort hingekommen bin.«
Der Arzt macht einen kleinen Schritt auf Peter zu, beugt

sich leicht über ihn und erläutert mit ein wenig Stolz.

»Ich vermute, dass Sie in dem Moment wieder zu Peter wurden, als der Warnschuss des Polizisten gefallen ist.«

»Ich weiß nur, dass ich plötzlich auf den Wald zugelaufen bin und mich verstecken wollte. Danach ging alles wahnsinnig schnell. Ich spürte einen Schmerz in meiner seitlichen Bauchregion und wurde von einem grellen Licht geblendet. Hektische Stimmen habe ich vernommen und kurz darauf wurden mir die Handschellen angelegt. Es war wie in einem Albtraum, aus dem ich seitdem nicht wieder aufgewacht bin.«

Nach einer gefühlten Ewigkeit der Stille, in der sich alle die Erzählungen bildlich vorstellen, spricht Peter völlig trocken weiter.

»Ich glaube, Julia ist gefährlich. Sie hat den Bürgermeister kaltblütig ermordet und ist wahrscheinlich geflüchtet. Sie hat vor kurzem schon einmal gemordet, als sie in Namibia war, das hat sie mir erzählt.«

»Nein, den Mord haben Sie begangen, Herr Dobernik! Julia existiert nur in Ihrer Fantasie!«, spricht der ruppige Kriminalbeamte erzürnt.

»Nein! Das war ich nicht! Das war Julia!«

Peter hat sich vermutlich die Geschichte rund um Julia und ihrem Aufenthalt in Namibia an jenem Tag, an dem er zu der Geldübergabe zur Ruine Aggstein gefahren ist, einen Tag nach seinem Zusammenbruch zusammenkonstruiert. Er sah sich zuvor eine Tierdokumentation an, in welcher es um das Leben der Robben in Namibia ging.

Zwei Tage zuvor sah Peter in der brütenden Hitze, als er

von St. Pölten nach Hause gefahren ist, den Unfallort mit der alten Alfa Giulia. Es ist naheliegend, dass er sich daher den Namen seiner eingebildeten Freundin beziehungsweise zweiten Persönlichkeit Julia abgeleitet hat.

»Herr Dobernik, wir haben uns in Frankenfels umgehört. Es berichten mehrere Zeugen, unabhängig voneinander, dass Sie sich bei der Feier am Fußballplatz äußerst auffällig verhalten haben. Sie sollen mehrfach Selbstgespräche geführt und ins Leere gestikuliert haben, als wäre jemand bei ihnen gewesen. Was sagen Sie dazu?«

Peter ist wieder ins Schweigen übergegangen. Man sieht ihm an, dass er sich seinen Kopf darüber zerbricht, nach Antworten sucht, diese aber nicht finden kann.

Printed by Amazon Italia Logistica S.r.l.
Torrazza Piemonte (TO), Italy

56530985R00131